A Christmas Carol
Cuento de Navidad

Charles Dickens

A Christmas Carol
Cuento de Navidad

Texto paralelo bilingüe
Bilingual edition

Ingles - Español
English - Spanish

texto en español, traducido del inglés por Guillermo Tirelli

Rosetta Edu

Título original: *A Christmas Carol*

Primera publicación: 1843

Primera edición: Octubre 2023

Publicado por Rosetta Edu
Londres, Octubre 2023
www.rosettaedu.com

ISBN: 978-1-915088-13-0

INDICE

PREFACE / PREFACIO   8-9

STAVE ONE — MARLEY'S GHOST /
PRIMERA ESTROFA — EL FANTASMA DE MARLEY   10-11

STAVE TWO — THE FIRST OF THE THREE SPIRITS /
SEGUNDA ESTROFA — EL PRIMERO DE LOS TRES ESPÍRITUS   54-55

STAVE THREE — THE SECOND OF THE THREE SPIRITS /
TERCERA ESTROFA — EL SEGUNDO DE LOS TRES ESPÍRITUS   94-95

STAVE FOUR — THE LAST OF THE SPIRITS /
CUARTA ESTROFA — EL ÚLTIMO DE LOS ESPÍRITUS   144-145

STAVE FIVE — THE END OF IT /
QUINTA ESTROFA — EL FINAL   180-181

PREFACE

I have endeavoured in this Ghostly little book, to raise the Ghost of an Idea, which shall not put my readers out of humour with themselves, with each other, with the season, or with me. May it haunt their houses pleasantly, and no one wish to lay it.

Their faithful Friend and Servant,

C. D.

December, 1843.

PREFACIO

Me he esforzado en este pequeño libro fantasmal en despertar el fantasma de una idea, que no ponga a mis lectores de mal humor entre ellos, con los demás, con la temporada, o conmigo. Que ronde agradablemente por sus casas y que nadie quiera verlo desaparecer.

Su fiel amigo y servidor,

C. D.

Diciembre de 1843.

Marley was dead: to begin with. There is no doubt whatever about that. The register of his burial was signed by the clergyman, the clerk, the undertaker, and the chief mourner. Scrooge signed it: and Scrooge's name was good upon 'Change, for anything he chose to put his hand to. Old Marley was as dead as a door-nail.

Mind! I don't mean to say that I know, of my own knowledge, what there is particularly dead about a door-nail. I might have been in-clined, myself, to regard a coffin-nail as the deadest piece of iron-mongery in the trade. But the wisdom of our ancestors is in the sim-ile; and my unhallowed hands shall not disturb it, or the Country's done for. You will therefore permit me to repeat, emphatically, that Marley was as dead as a door-nail.

Scrooge knew he was dead? Of course he did. How could it be oth-erwise? Scrooge and he were partners for I don't know how many years. Scrooge was his sole executor, his sole administrator, his sole assign, his sole residuary legatee, his sole friend, and sole mourner. And even Scrooge was not so dreadfully cut up by the sad event, but that he was an excellent man of business on the very day of the fu-neral, and solemnised it with an undoubted bargain.

The mention of Marley's funeral brings me back to the point I started from. There is no doubt that Marley was dead. This must be distinctly understood, or nothing wonderful can come of the story I am going to relate. If we were not perfectly convinced that Hamlet's Father died before the play began, there would be nothing more re-markable in his taking a stroll at night, in an easterly wind, upon his own ramparts, than there would be in any other middle-aged gentle-man rashly turning out after dark in a breezy spot—say Saint Paul's Churchyard for instance—literally to astonish his son's weak mind.

Scrooge never painted out Old Marley's name. There it stood, years afterwards, above the warehouse door: Scrooge and Marley. The firm was known as Scrooge and Marley. Sometimes people new to the

Marley estaba muerto: para empezar. No hay ninguna duda al respecto. El registro de su entierro fue firmado por el clérigo, el secretario, el enterrador y el principal doliente. Scrooge lo firmó, y el nombre de Scrooge era bien visto en la bolsa de valores, era un buen nombre para cualquier cosa que quisiera hacer. El viejo Marley estaba tan muerto como el clavo de una puerta.

¡Cuidado! No quiero decir que sepa, por mi propio conocimiento, lo que hay de particularmente muerto en un clavo de una puerta. Yo mismo podría haberme inclinado a considerar un clavo de un ataúd como la pieza más muerta de la ferretería. Pero la sabiduría de nuestros antepasados está en el símil; y mis manos profanas no lo alterarán, o el país estará acabado. Por lo tanto, permítanme repetir, enfáticamente, que Marley estaba tan muerto como el clavo de una puerta.

¿Scrooge sabía él que estaba muerto? Por supuesto que lo sabía. ¿Cómo podría ser de otra manera? Scrooge y él fueron socios durante no sé cuántos años. Scrooge era su único ejecutor testamentario, su único administrador, su único cesionario, su único legatario residual, su único amigo y su único doliente. Y ni siquiera Scrooge se sintió tan terriblemente afectado por el triste acontecimiento, sino que fue un excelente hombre de negocios el mismo día del funeral, y lo solemnizó con una indudable ganga.

La mención del funeral de Marley me remite al punto de partida. No hay duda de que Marley estaba muerto. Esto debe entenderse claramente, o no puede salir nada maravilloso de la historia que voy a relatar. Si no estuviéramos perfectamente convencidos de que el padre de Hamlet murió antes de que comenzara la obra no habría nada notable en que diera un paseo nocturno, con viento de levante, por sus propias murallas, que en que cualquier otro caballero de mediana edad se presentara precipitadamente al anochecer en un lugar con brisa —por ejemplo, el patio de la iglesia de San Pablo— para asombrar la débil mente de su hijo.

Scrooge nunca borró el nombre del viejo Marley. Allí quedó, años después, sobre la puerta del almacén: «Scrooge y Marley». La empresa era conocida como «Scrooge y Marley». A veces la gente nueva en el negocio

business called Scrooge Scrooge, and sometimes Marley, but he answered to both names. It was all the same to him.

Oh! But he was a tight-fisted hand at the grindstone, Scrooge! a squeezing, wrenching, grasping, scraping, clutching, covetous, old sinner! Hard and sharp as flint, from which no steel had ever struck out generous fire; secret, and self-contained, and solitary as an oyster. The cold within him froze his old features, nipped his pointed nose, shrivelled his cheek, stiffened his gait; made his eyes red, his thin lips blue; and spoke out shrewdly in his grating voice. A frosty rime was on his head, and on his eyebrows, and his wiry chin. He carried his own low temperature always about with him; he iced his office in the dog-days; and didn't thaw it one degree at Christmas.

External heat and cold had little influence on Scrooge. No warmth could warm, no wintry weather chill him. No wind that blew was bitterer than he, no falling snow was more intent upon its purpose, no pelting rain less open to entreaty. Foul weather didn't know where to have him. The heaviest rain, and snow, and hail, and sleet, could boast of the advantage over him in only one respect. They often "came down" handsomely, and Scrooge never did.

Nobody ever stopped him in the street to say, with gladsome looks, "My dear Scrooge, how are you? When will you come to see me?" No beggars implored him to bestow a trifle, no children asked him what it was o'clock, no man or woman ever once in all his life inquired the way to such and such a place, of Scrooge. Even the blind men's dogs appeared to know him; and when they saw him coming on, would tug their owners into doorways and up courts; and then would wag their tails as though they said, "No eye at all is better than an evil eye, dark master!"

But what did Scrooge care! It was the very thing he liked. To edge his way along the crowded paths of life, warning all human sympathy to keep its distance, was what the knowing ones call "nuts" to Scrooge.

Once upon a time—of all the good days in the year, on Christmas Eve—old Scrooge sat busy in his counting-house. It was cold, bleak,

llamaba a Scrooge «Scrooge», y a veces «Marley», pero él respondía a ambos nombres. Para él era lo mismo.

¡Pero él era una mano dura en la piedra de afilar! ¡Scrooge! ¡Un viejo pecador que aprieta, arranca, agarra, raspa y codicia! Duro y afilado como el pedernal, del que ningún acero había sacado jamás un fuego generoso; secreto, y encerrado en sí mismo, y solitario como una ostra. El frío en su interior congelaba sus viejas facciones, mordía su nariz puntiaguda, arrugaba sus mejillas, endurecía sus andares; enrojecía sus ojos, azuleaba sus finos labios; y hablaba con astucia en su voz chirriante. Tenía una capa de hielo en la cabeza, en las cejas y en la barbilla. Llevaba siempre consigo su propia baja temperatura; helaba su oficina en los días calurosos, y no la descongelaba ni un grado en Navidad.

El calor y el frío externos tenían poca influencia en Scrooge. Ningún calor podía calentarle, ningún clima invernal le enfriaba. Ningún viento que soplara era más amargo que él, ninguna nieve que cayera estaba más atenta a su propósito, ninguna lluvia torrencial estaba menos abierta a la súplica. El mal tiempo no sabía a qué atenerse. La lluvia más intensa, la nieve, el granizo y el aguanieve, podían presumir de tener ventaja sobre él en un solo aspecto. A menudo «caían» con fuerza, y Scrooge nunca lo hacía.

Nunca nadie le paró por la calle para decirle, con miradas halagüeñas, «Mi querido Scrooge, ¿cómo estás? ¿Cuándo vendrás a verme?». Ningún mendigo le imploró que le concediera un poco de dinero, ningún niño le preguntó qué hora era, ningún hombre o mujer preguntó una vez en toda su vida el camino a tal o cual lugar a Scrooge. Hasta los perros de los ciegos parecían conocerle; y cuando le veían acercarse, tiraban de sus dueños hacia los portales y los patios; y luego movían la cola como si dijeran «¡Mejor ningún ojo que un mal ojo, oscuro amo!».

¡Pero qué le importaba a Scrooge! Era precisamente lo que le gustaba. Avanzar por los abarrotados caminos de la vida, advirtiendo a toda la simpatía humana que se mantuviera a distancia, era lo que los entendidos llaman «golosinas» para Scrooge.

Érase una vez —de todos los días buenos del año, la víspera de Navidad— que el viejo Scrooge estaba sentado en su despacho. Hacía un

biting weather: foggy withal: and he could hear the people in the court outside, go wheezing up and down, beating their hands upon their breasts, and stamping their feet upon the pavement stones to warm them. The city clocks had only just gone three, but it was quite dark already—it had not been light all day—and candles were flaring in the windows of the neighbouring offices, like ruddy smears upon the palpable brown air. The fog came pouring in at every chink and keyhole, and was so dense without, that although the court was of the narrowest, the houses opposite were mere phantoms. To see the dingy cloud come drooping down, obscuring everything, one might have thought that Nature lived hard by, and was brewing on a large scale.

The door of Scrooge's counting-house was open that he might keep his eye upon his clerk, who in a dismal little cell beyond, a sort of tank, was copying letters. Scrooge had a very small fire, but the clerk's fire was so very much smaller that it looked like one coal. But he couldn't replenish it, for Scrooge kept the coal-box in his own room; and so surely as the clerk came in with the shovel, the master predicted that it would be necessary for them to part. Wherefore the clerk put on his white comforter, and tried to warm himself at the candle; in which effort, not being a man of a strong imagination, he failed.

"A merry Christmas, uncle! God save you!" cried a cheerful voice. It was the voice of Scrooge's nephew, who came upon him so quickly that this was the first intimation he had of his approach.

"Bah!" said Scrooge, "Humbug!"

He had so heated himself with rapid walking in the fog and frost, this nephew of Scrooge's, that he was all in a glow; his face was ruddy and handsome; his eyes sparkled, and his breath smoked again.

"Christmas a humbug, uncle!" said Scrooge's nephew. "You don't mean that, I am sure?"

"I do," said Scrooge. "Merry Christmas! What right have you to be merry? What reason have you to be merry? You're poor enough."

tiempo frío y desapacible, con niebla, y podía oír a la gente en el patio exterior, que iba de un lado a otro, golpeándose el pecho con las manos y pisando las piedras del pavimento para calentarse. Los relojes de la ciudad acababan de dar las tres, pero ya estaba bastante oscuro —no había habido luz en todo el día— y las velas ardían en las ventanas de las oficinas vecinas, como manchas rojizas en el palpable aire marrón. La niebla entraba por todos los resquicios y cerraduras, y era tan densa en el exterior, que aunque el patio era de lo más estrecho, las casas de enfrente eran meros fantasmas. Al ver que la nube lúgubre descendía, oscureciéndolo todo, uno podría haber pensado que la Naturaleza vivía a duras penas, y que se estaba gestando a gran escala.

La puerta del despacho de Scrooge estaba abierta para que pudiera vigilar a su oficinista, que en una lúgubre celdilla más allá, una especie de tanque, estaba copiando cartas. Scrooge tenía un fuego muy pequeño, pero el del dependiente era tanto más pequeño que parecía un solo carbón. Pero no podía reponerlo, pues Scrooge guardaba la caja de carbón en su propio cuarto; y seguramente cuando el empleado entrara con la pala, el amo predecía que sería necesario que partieran cada uno por su lado. Por lo tanto, el empleado se puso su edredón blanco, y trató de calentarse junto a la vela; en cuyo esfuerzo, al no ser un hombre de fuerte imaginación, fracasó.

«¡Feliz Navidad, tío! ¡Dios le salve!», gritó una voz alegre. Era la voz del sobrino de Scrooge, que se acercó a él tan rápidamente que ésta fue la primera indicación que tuvo de su llegada.

«¡Bah!», dijo Scrooge, «¡Tonterías!».

Este sobrino de Scrooge se había acalorado tanto con la rápida caminata entre la niebla y la escarcha, que estaba todo resplandeciente; su rostro se había puesto rubicundo y apuesto; sus ojos brillaban y su aliento parecía humo.

«¡La Navidad una tontería, tío!», dijo el sobrino de Scrooge. «¿No querrá decir eso, estoy seguro?».

«Así es», dijo Scrooge. «¡Feliz Navidad! ¿Qué derecho tienes a estar alegre? ¿Qué razón tienes para estar alegre? Ya eres bastante pobre».

"Come, then," returned the nephew gaily. "What right have you to be dismal? What reason have you to be morose? You're rich enough."

Scrooge having no better answer ready on the spur of the moment, said, "Bah!" again; and followed it up with "Humbug."

"Don't be cross, uncle!" said the nephew.

"What else can I be," returned the uncle, "when I live in such a world of fools as this? Merry Christmas! Out upon merry Christmas! What's Christmas time to you but a time for paying bills without money; a time for finding yourself a year older, but not an hour richer; a time for balancing your books and having every item in 'em through a round dozen of months presented dead against you? If I could work my will," said Scrooge indignantly, "every idiot who goes about with 'Merry Christmas' on his lips, should be boiled with his own pudding, and buried with a stake of holly through his heart. He should!"

"Uncle!" pleaded the nephew.

"Nephew!" returned the uncle sternly, "keep Christmas in your own way, and let me keep it in mine."

"Keep it!" repeated Scrooge's nephew. "But you don't keep it."

"Let me leave it alone, then," said Scrooge. "Much good may it do you! Much good it has ever done you!"

"There are many things from which I might have derived good, by which I have not profited, I dare say," returned the nephew. "Christmas among the rest. But I am sure I have always thought of Christmas time, when it has come round—apart from the veneration due to its sacred name and origin, if anything belonging to it can be apart from that—as a good time; a kind, forgiving, charitable, pleasant time; the only time I know of, in the long calendar of the year, when men and women seem by one consent to open their shut-up hearts freely, and to think of people below them as if they really were fellow-passengers

«Vamos, entonces», respondió el sobrino alegremente. «¿Qué derecho tiene a estar triste? ¿Qué razón tiene para estar malhumorado? Usted es lo suficientemente rico».

Scrooge, al no tener preparada una respuesta mejor, volvió a decir «¡Bah!»; y siguió con «Tonterías».

«¡No te enojes, tío!», dijo el sobrino.

«¿Qué otra cosa puedo ser», respondió el tío, «cuando vivo en un mundo de tontos como éste? ¡Feliz Navidad! ¡Fuera con la feliz Navidad! ¿Qué es para ti la Navidad, sino un tiempo para pagar las facturas sin dinero; un tiempo para encontrarte un año más viejo, pero ni una hora más rico; un tiempo para equilibrar tus libros y tener cada partida en ellos a través de una docena redonda de meses presentados en tu contra? Si pudiera hacer mi voluntad», dijo Scrooge indignado, «todo idiota que vaya por ahí con un "Feliz Navidad" en los labios, debería ser hervido con su propio pudín, y enterrado con una estaca de acebo en el corazón. Debería».

«¡Tío!», suplicó el sobrino.

«¡Sobrino!», respondió el tío con severidad, «mantén la Navidad a tu manera, y deja que yo la mantenga a la mía».

«¡Mantenerla!», repitió el sobrino de Scrooge. «Pero usted no la mantiene».

«Déjame, pues, dejarla en paz, entonces», dijo Scrooge. «¡Que te haga mucho bien! Mucho bien te ha hecho siempre».

«Hay muchas cosas de las que podría haber sacado provecho, de las que no me he aprovechado, me atrevo a decir», respondió el sobrino. «La Navidad, entre otras. Pero estoy seguro de que siempre he pensado en la Navidad, cuando ha llegado —aparte de la veneración debida a su nombre sagrado y a su origen, si es que hay algo que pueda existir apartado de eso—, como un buen momento; un momento amable, indulgente, caritativo y agradable; el único momento que conozco, en el largo calendario del año, en el que los hombres y las mujeres parecen abrir de común acuerdo sus corazones encerrados, libremente, y

to the grave, and not another race of creatures bound on other journeys. And therefore, uncle, though it has never put a scrap of gold or silver in my pocket, I believe that it has done me good, and will do me good; and I say, God bless it!"

The clerk in the Tank involuntarily applauded. Becoming immediately sensible of the impropriety, he poked the fire, and extinguished the last frail spark for ever.

"Let me hear another sound from you," said Scrooge, "and you'll keep your Christmas by losing your situation! You're quite a powerful speaker, sir," he added, turning to his nephew. "I wonder you don't go into Parliament."

"Don't be angry, uncle. Come! Dine with us to-morrow."

Scrooge said that he would see him—yes, indeed he did. He went the whole length of the expression, and said that he would see him in that extremity first.

"But why?" cried Scrooge's nephew. "Why?"

"Why did you get married?" said Scrooge.

"Because I fell in love."

"Because you fell in love!" growled Scrooge, as if that were the only one thing in the world more ridiculous than a merry Christmas. "Good afternoon!"

"Nay, uncle, but you never came to see me before that happened. Why give it as a reason for not coming now?"

"Good afternoon," said Scrooge.

"I want nothing from you; I ask nothing of you; why cannot we be friends?"

"Good afternoon," said Scrooge.

pensar en las personas que están por debajo de ellos como si realmente fueran compañeros de viaje hacia la tumba, y no otra raza de criaturas destinadas a otros viajes. Y por lo tanto, tío, aunque nunca haya puesto una pizca de oro o plata en mi bolsillo, creo que me ha hecho bien, y me hará bien; y digo ¡que Dios la bendiga!».

El empleado en el Tanque aplaudió involuntariamente. Inmediatamente se dio cuenta de la impropiedad, atizó el fuego y apagó para siempre la última y frágil chispa.

«Déjeme escuchar otro sonido de usted», dijo Scrooge, «¡y mantendrá su Navidad perdiendo su puesto! Es usted un orador muy poderoso, señor», añadió, volviéndose hacia su sobrino. «Me sorprende que no sea parte del Parlamento».

«No se enfade, tío. Venga. Cene con nosotros mañana».

Scrooge dijo que lo vería... sí, en efecto, lo hizo. Recorrió toda la extensión de la expresión, y dijo que lo vería en esa calamidad primero.

«¿Pero por qué?», gritó el sobrino de Scrooge. «¿Por qué?».

«¿Por qué te casaste?», dijo Scrooge.

«Porque me enamoré».

«¡Porque te enamoraste!», gruñó Scrooge, como si eso fuera lo único más ridículo en el mundo que una feliz Navidad. «¡Que tengas unas buenas tardes!».

«No, tío, pero nunca vino a verme antes de que eso sucediera. ¿Por qué darlo como razón para no venir ahora?».

«Buenas tardes», dijo Scrooge.

«No quiero nada de usted; no le pido nada; ¿por qué no podemos ser amigos?».

«Buenas tardes», dijo Scrooge.

"I am sorry, with all my heart, to find you so resolute. We have never had any quarrel, to which I have been a party. But I have made the trial in homage to Christmas, and I'll keep my Christmas humour to the last. So A Merry Christmas, uncle!"

"Good afternoon!" said Scrooge.

"And A Happy New Year!"

"Good afternoon!" said Scrooge.

His nephew left the room without an angry word, notwithstanding. He stopped at the outer door to bestow the greetings of the season on the clerk, who, cold as he was, was warmer than Scrooge; for he returned them cordially.

"There's another fellow," muttered Scrooge; who overheard him: "my clerk, with fifteen shillings a week, and a wife and family, talking about a merry Christmas. I'll retire to Bedlam."

This lunatic, in letting Scrooge's nephew out, had let two other people in. They were portly gentlemen, pleasant to behold, and now stood, with their hats off, in Scrooge's office. They had books and papers in their hands, and bowed to him.

"Scrooge and Marley's, I believe," said one of the gentlemen, referring to his list. "Have I the pleasure of addressing Mr. Scrooge, or Mr. Marley?"

"Mr. Marley has been dead these seven years," Scrooge replied. "He died seven years ago, this very night."

"We have no doubt his liberality is well represented by his surviving partner," said the gentleman, presenting his credentials.

It certainly was; for they had been two kindred spirits. At the ominous word "liberality," Scrooge frowned, and shook his head, and handed the credentials back.

"At this festive season of the year, Mr. Scrooge," said the gentleman,

«Lamento, con todo mi corazón, encontrarlo tan decidido. Nunca hemos tenido ninguna disputa, en la que yo haya sido parte. Pero he hecho la prueba en homenaje a la Navidad, y mantendré mi humor navideño hasta el final. Así que ¡Feliz Navidad, tío!».

«¡Buenas tardes!», dijo Scrooge.

«¡Y un feliz año nuevo!».

«¡Buenas tardes!», dijo Scrooge.

A pesar de ello, su sobrino salió de la habitación sin una palabra de enfado. Se detuvo en la puerta exterior para transmitir los saludos de la época al empleado, que, a pesar del frío, era más cálido que Scrooge, pues los devolvió cordialmente.

«Ahí hay otro tipo», murmuró Scrooge; que lo escuchó: «mi empleado, con quince chelines a la semana, y una esposa y familia, hablando de una feliz Navidad. Me retiraré a Bedlam».

Este lunático, al dejar salir al sobrino de Scrooge, había dejado entrar a otras dos personas. Eran caballeros corpulentos, agradables de ver, y ahora estaban de pie, sin sombrero, en el despacho de Scrooge. Tenían libros y papeles en las manos, y se inclinaron ante él.

«De Scrooge y Marley, creo», dijo uno de los caballeros, refiriéndose a su lista. «¿Tengo el placer de dirigirme al señor Scrooge, o al señor Marley?».

«El señor Marley ha estado muerto estos siete años», respondió Scrooge. «Murió hace siete años, esta misma noche».

«No tenemos duda de que su liberalidad está bien representada por su socio sobreviviente», dijo el caballero, presentando sus credenciales.

Ciertamente lo era, pues habían sido dos espíritus afines. Al oír la ominosa palabra «liberalidad», Scrooge frunció el ceño, sacudió la cabeza y le devolvió las credenciales.

«En esta época festiva del año, señor Scrooge», dijo el caballero, to-

taking up a pen, "it is more than usually desirable that we should make some slight provision for the Poor and destitute, who suffer greatly at the present time. Many thousands are in want of common necessaries; hundreds of thousands are in want of common comforts, sir."

"Are there no prisons?" asked Scrooge.

"Plenty of prisons," said the gentleman, laying down the pen again.

"And the Union workhouses?" demanded Scrooge. "Are they still in operation?"

"They are. Still," returned the gentleman, "I wish I could say they were not."

"The Treadmill and the Poor Law are in full vigour, then?" said Scrooge.

"Both very busy, sir."

"Oh! I was afraid, from what you said at first, that something had occurred to stop them in their useful course," said Scrooge. "I'm very glad to hear it."

"Under the impression that they scarcely furnish Christian cheer of mind or body to the multitude," returned the gentleman, "a few of us are endeavouring to raise a fund to buy the Poor some meat and drink, and means of warmth. We choose this time, because it is a time, of all others, when Want is keenly felt, and Abundance rejoices. What shall I put you down for?"

"Nothing!" Scrooge replied.

"You wish to be anonymous?"

"I wish to be left alone," said Scrooge. "Since you ask me what I wish, gentlemen, that is my answer. I don't make merry myself at

mando una pluma, «es más que normalmente deseable que hagamos alguna ligera provisión para los pobres e indigentes, que sufren mucho en la actualidad. Muchos miles carecen de las necesidades comunes; cientos de miles carecen de las comodidades comunes, señor».

«¿No hay cárceles?», preguntó Scrooge.

«Hay muchas prisiones», dijo el caballero, dejando la pluma nuevamente.

«¿Y los centros de refugio de la Unión?», preguntó Scrooge. «¿Siguen funcionando?».

«Lo están. Aun así», respondió el caballero, «me gustaría poder decir que no lo están».

«¿El Treadmill y la Ley de Pobres están en pleno apogeo, entonces?», dijo Scrooge.

«Ambos están muy ocupados, señor».

«¡Oh! Temía, por lo que dijo al principio, que hubiera ocurrido algo que los detuviera en su útil curso», dijo Scrooge. «Me alegro mucho de oírlo».

«Bajo la impresión de que apenas proporcionan alegría cristiana de mente o cuerpo a la multitud», respondió el caballero, «algunos de nosotros nos esforzamos por recaudar un fondo para comprar a los pobres algo de carne y bebida, y medios para calentarse. Elegimos este momento, porque es un momento, entre todos los demás, en el que la carencia se siente intensamente, y la abundancia se regocija. ¿Con qué donación puedo anotarlo?».

«¡Nada!», respondió Scrooge.

«¿Desea permanecer en el anonimato?».

«Deseo que me dejen en paz», dijo Scrooge. «Ya que me preguntan qué deseo, caballeros, esa es mi respuesta. Yo mismo no me alegro en

Christmas and I can't afford to make idle people merry. I help to support the establishments I have mentioned—they cost enough; and those who are badly off must go there."

"Many can't go there; and many would rather die."

"If they would rather die," said Scrooge, "they had better do it, and decrease the surplus population. Besides—excuse me—I don't know that."

"But you might know it," observed the gentleman.

"It's not my business," Scrooge returned. "It's enough for a man to understand his own business, and not to interfere with other people's. Mine occupies me constantly. Good afternoon, gentlemen!"

Seeing clearly that it would be useless to pursue their point, the gentlemen withdrew. Scrooge resumed his labours with an improved opinion of himself, and in a more facetious temper than was usual with him.

Meanwhile the fog and darkness thickened so, that people ran about with flaring links, proffering their services to go before horses in carriages, and conduct them on their way. The ancient tower of a church, whose gruff old bell was always peeping slily down at Scrooge out of a Gothic window in the wall, became invisible, and struck the hours and quarters in the clouds, with tremulous vibrations afterwards as if its teeth were chattering in its frozen head up there. The cold became intense. In the main street, at the corner of the court, some labourers were repairing the gas-pipes, and had lighted a great fire in a brazier, round which a party of ragged men and boys were gathered: warming their hands and winking their eyes before the blaze in rapture. The water-plug being left in solitude, its overflowings sullenly congealed, and turned to misanthropic ice. The brightness of the shops where holly sprigs and berries crackled in the lamp heat of the windows, made pale faces ruddy as they passed. Poulterers' and grocers' trades became a splendid joke: a glorious pageant, with which it was next to impossible to believe that such dull principles as bargain and sale had anything to do. The Lord Mayor, in the stronghold of the mighty Mansion House, gave orders to his fifty cooks and

Navidad y no puedo permitirme hacer feliz a la gente ociosa. Ayudo a mantener los establecimientos que he mencionado; ya cuestan bastante; y los que están mal deben ir allí».

«Muchos no pueden ir allí; y muchos preferirían morir».

«Si prefieren morir», dijo Scrooge, «es mejor que lo hagan y disminuyan el exceso de población. Más que eso, disculpen, no sé».

«Pero usted podría saberlo», observó el caballero.

«No es asunto mío», respondió Scrooge. «A un hombre le basta con entender sus propios asuntos, y no interferir en los de los demás. El mío me ocupa constantemente. ¡Buenas tardes, caballeros!».

Viendo claramente que era inútil continuar con su argumento, los caballeros se retiraron. Scrooge reanudó sus labores con una mejor opinión de sí mismo y con un humor más burlón de lo que era habitual en él.

Mientras tanto, la niebla y la oscuridad se hacían más densas, de modo que la gente corría de un lado a otro con las linternas encendidas, ofreciendo sus servicios para ir delante de los caballos en los carruajes y conducirlos en su camino. La antigua torre de una iglesia, cuya vieja y gruñona campana estaba siempre mirando a Scrooge desde una ventana gótica en la pared, se hizo invisible, y golpeó las horas y los cuartos en las nubes, con temblorosas vibraciones después, como si sus dientes estuvieran castañeando en su congelada cabeza, allí arriba. El frío era intenso. En la calle principal, en la esquina del patio, unos obreros estaban reparando las tuberías de gas y habían encendido un gran fuego en un brasero, alrededor del cual se reunía un grupo de hombres y niños harapientos, que se calentaban las manos y guiñaban los ojos ante el fuego, extasiados. El tapón de agua fue dejado solo, sus desbordamientos se congelaron hoscamente y se convirtieron en hielo misántropo. El brillo de las tiendas, donde las ramitas de acebo y las bayas crepitaban al calor de las lámparas de los escaparates, enrojecía los rostros pálidos al pasar. Los oficios de los pañeros y de los tenderos se convirtieron en una espléndida broma: un glorioso espectáculo, con el que era casi imposible creer que principios tan aburridos como la negociación

butlers to keep Christmas as a Lord Mayor's household should; and even the little tailor, whom he had fined five shillings on the previous Monday for being drunk and bloodthirsty in the streets, stirred up to-morrow's pudding in his garret, while his lean wife and the baby sallied out to buy the beef.

Foggier yet, and colder. Piercing, searching, biting cold. If the good Saint Dunstan had but nipped the Evil Spirit's nose with a touch of such weather as that, instead of using his familiar weapons, then indeed he would have roared to lusty purpose. The owner of one scant young nose, gnawed and mumbled by the hungry cold as bones are gnawed by dogs, stooped down at Scrooge's keyhole to regale him with a Christmas carol: but at the first sound of

"God bless you, merry gentleman!
 May nothing you dismay!"

Scrooge seized the ruler with such energy of action, that the singer fled in terror, leaving the keyhole to the fog and even more congenial frost.

At length the hour of shutting up the counting-house arrived. With an ill-will Scrooge dismounted from his stool, and tacitly admitted the fact to the expectant clerk in the Tank, who instantly snuffed his candle out, and put on his hat.

"You'll want all day to-morrow, I suppose?" said Scrooge.

"If quite convenient, sir."

"It's not convenient," said Scrooge, "and it's not fair. If I was to stop half-a-crown for it, you'd think yourself ill-used, I'll be bound?"

The clerk smiled faintly.

"And yet," said Scrooge, "you don't think me ill-used, when I pay a day's wages for no work."

y la venta tuvieran algo que ver. El alcalde, en la fortaleza de la poderosa Mansion House, dio órdenes a sus cincuenta cocineros y mayordomos para que celebraran la Navidad como es debido en la casa de un alcalde; e incluso el pequeño sastre, al que había multado con cinco chelines el lunes anterior por estar borracho y sediento de sangre en las calles, preparó el pudín del día siguiente en su buhardilla, mientras su flaca esposa y el bebé salían a comprar la carne.

Más nublado aún, y más frío. Un frío penetrante, escrutador y mordaz. Si el buen San Dunstan hubiera mordido la nariz del Espíritu Maligno con un toque de ese tiempo, en lugar de usar sus armas familiares, entonces sí que habría rugido con un propósito lujurioso. El dueño de una joven y escasa nariz, roída y mascullada por el frío hambriento como los huesos son roídos por los perros, se inclinó ante el ojo de la cerradura de Scrooge para regalarle un villancico: pero al primer son de

«¡Dios lo bendiga, alegre caballero!
Que nada lo desanime».

Scrooge tomó la regla con tal energía de acción, que el cantante huyó aterrorizado, dejando el ojo de la cerradura a la niebla y a la escarcha, lo que era más agradable.

Por fin llegó la hora de cerrar el despacho. Con mala voluntad, Scrooge se apeó de su taburete y admitió tácitamente el hecho ante el expectante empleado del Tanque, que al instante apagó su vela y se puso el sombrero.

«Supongo que mañana querrá todo el día», dijo Scrooge.

«Si es conveniente, señor».

«No es conveniente», dijo Scrooge, «y no es justo. Si tuviera que dejar de pagar media corona por ello, se consideraría maltratado, estoy seguro...».

El empleado sonrió ligeramente.

«Y sin embargo», dijo Scrooge, «no considera que actúe mal, cuando pago un día de salario por no trabajar».

The clerk observed that it was only once a year.

"A poor excuse for picking a man's pocket every twenty-fifth of December!" said Scrooge, buttoning his great-coat to the chin. "But I suppose you must have the whole day. Be here all the earlier next morning."

The clerk promised that he would; and Scrooge walked out with a growl. The office was closed in a twinkling, and the clerk, with the long ends of his white comforter dangling below his waist (for he boasted no great-coat), went down a slide on Cornhill, at the end of a lane of boys, twenty times, in honour of its being Christmas Eve, and then ran home to Camden Town as hard as he could pelt, to play at blindman's-buff.

Scrooge took his melancholy dinner in his usual melancholy tavern; and having read all the newspapers, and beguiled the rest of the evening with his banker's-book, went home to bed. He lived in chambers which had once belonged to his deceased partner. They were a gloomy suite of rooms, in a lowering pile of building up a yard, where it had so little business to be, that one could scarcely help fancying it must have run there when it was a young house, playing at hide-and-seek with other houses, and forgotten the way out again. It was old enough now, and dreary enough, for nobody lived in it but Scrooge, the other rooms being all let out as offices. The yard was so dark that even Scrooge, who knew its every stone, was fain to grope with his hands. The fog and frost so hung about the black old gateway of the house, that it seemed as if the Genius of the Weather sat in mournful meditation on the threshold.

Now, it is a fact, that there was nothing at all particular about the knocker on the door, except that it was very large. It is also a fact, that Scrooge had seen it, night and morning, during his whole residence in that place; also that Scrooge had as little of what is called fancy about him as any man in the city of London, even including—which is a bold word—the corporation, aldermen, and livery. Let it also be borne in mind that Scrooge had not bestowed one thought on Marley, since his last mention of his seven years' dead partner that afternoon. And then let any man explain to me, if he can, how

El secretario observó que sólo era una vez al año.

«Una pobre excusa para robarle el bolsillo a un hombre cada veinticinco de diciembre», dijo Scrooge, abotonándose el abrigo hasta la barbilla. «Pero supongo que usted debe tener todo el día. Esté aquí más temprano la mañana siguiente».

El empleado prometió que lo haría; y Scrooge se marchó con un gruñido. La oficina se cerró en un abrir y cerrar de ojos, y el empleado, con los largos extremos de su bufanda blanca colgando por debajo de la cintura (ya que no se jactaba de tener un gran abrigo), se tiró veinte veces por un tobogán en Cornhill, al final de un callejón de niños, en honor a que era Nochebuena, y luego corrió a casa, a Camden Town, tan rápido como pudo, para jugar a la gallina ciega.

Scrooge tomó su melancólica cena en su habitual y melancólica taberna; y después de leer todos los periódicos, y de entretenerse el resto de la noche con su libro de banquero, se fue a casa a dormir. Vivía en las habitaciones que habían pertenecido a su difunto socio. Se trataba de un lúgubre conjunto de habitaciones, en un edificio de poca altura en un patio, donde tenía tan poco que hacer que uno no podía evitar imaginarse que debía de haber corrido allí cuando era una casa nueva, jugando al escondite con otras casas y que había olvidado el camino de salida. Ya era bastante vieja y lúgubre, pues nadie vivía en ella, excepto Scrooge, ya que los otros cuartos se alquilaban como oficinas. El patio estaba tan oscuro que incluso Scrooge, que conocía cada piedra, se sentía inclinado a buscar a tientas con las manos. La niebla y la escarcha se cernían de tal manera sobre la vieja y negra puerta de la casa, que parecía que el Genio del Tiempo estuviera sentado en lúgubre meditación en el umbral.

Ahora bien, es un hecho que la aldaba de la puerta no tenía nada de particular, salvo que era muy grande. También es un hecho que Scrooge la había visto, día y noche, durante toda su estancia en aquel lugar; también que Scrooge tenía tan poco de lo que se llama fantasía como cualquier hombre de la ciudad de Londres, incluso —lo cual es una palabra atrevida— de la corporación, los concejales y la librea. Tengamos también en cuenta que Scrooge no había pensado en Marley desde la última vez que mencionó a su compañero muerto hace siete años, aquella tarde. Y entonces que cualquiera me explique, si puede, cómo fue que

it happened that Scrooge, having his key in the lock of the door, saw in the knocker, without its undergoing any intermediate process of change—not a knocker, but Marley's face.

Marley's face. It was not in impenetrable shadow as the other objects in the yard were, but had a dismal light about it, like a bad lobster in a dark cellar. It was not angry or ferocious, but looked at Scrooge as Marley used to look: with ghostly spectacles turned up on its ghostly forehead. The hair was curiously stirred, as if by breath or hot air; and, though the eyes were wide open, they were perfectly motionless. That, and its livid colour, made it horrible; but its horror seemed to be in spite of the face and beyond its control, rather than a part of its own expression.

As Scrooge looked fixedly at this phenomenon, it was a knocker again.

To say that he was not startled, or that his blood was not conscious of a terrible sensation to which it had been a stranger from infancy, would be untrue. But he put his hand upon the key he had relinquished, turned it sturdily, walked in, and lighted his candle.

He did pause, with a moment's irresolution, before he shut the door; and he did look cautiously behind it first, as if he half expected to be terrified with the sight of Marley's pigtail sticking out into the hall. But there was nothing on the back of the door, except the screws and nuts that held the knocker on, so he said "Pooh, pooh!" and closed it with a bang.

The sound resounded through the house like thunder. Every room above, and every cask in the wine-merchant's cellars below, appeared to have a separate peal of echoes of its own. Scrooge was not a man to be frightened by echoes. He fastened the door, and walked across the hall, and up the stairs; slowly too: trimming his candle as he went.

You may talk vaguely about driving a coach-and-six up a good old flight of stairs, or through a bad young Act of Parliament; but I mean to say you might have got a hearse up that staircase, and taken it broadwise, with the splinter-bar towards the wall and the door towards the

Scrooge, teniendo su llave en la cerradura de la puerta, vio en la aldaba, sin que ésta sufriera ningún proceso intermedio de cambio… no una aldaba, sino el rostro de Marley.

La cara de Marley. No era una sombra impenetrable como los demás objetos del patio, sino que tenía una luz lúgubre, como una langosta mala en un sótano oscuro. No estaba enfadada ni era feroz, sino que miraba a Scrooge como solía hacerlo Marley: con unas gafas fantasmales vueltas hacia arriba en su frente fantasmal. El pelo estaba curiosamente revuelto, como si fuera obra del aliento o del aire caliente; y, aunque los ojos estaban muy abiertos, estaban perfectamente inmóviles. Eso, y su color lívido, lo hacían horrible; pero su horror parecía estar intacto y fuera de su control, más que ser parte de su propia expresión.

Mientras Scrooge miraba fijamente este fenómeno, la cosa volvía a ser una aldaba.

Decir que no se sobresaltó, o que su sangre no era consciente de una terrible sensación a la que era ajena desde la infancia, sería falso. Pero puso la mano en la llave que había abandonado, la giró con fuerza, entró y encendió su vela.

Se detuvo, con un momento de irresolución, antes de cerrar la puerta; y primero miró cautelosamente detrás de ella, como si esperara asustarse al ver la coleta de Marley asomando en el pasillo. Pero no había nada en la parte posterior de la puerta, excepto los tornillos y tuercas que sostenían la aldaba, así que dijo «¡Puf, puf!» y la cerró con un golpe.

El sonido resonó en la casa como un trueno. Cada habitación de arriba y cada barril de las bodegas del mercader de vinos de abajo parecían tener su propio eco. Scrooge no era un hombre que se asustara por los ecos. Cerró la puerta y cruzó el vestíbulo y subió las escaleras, despacio también, y despabilando la vela a medida que avanzaba.

Se puede hablar vagamente de conducir un coche de seis caballos por un buen tramo de escaleras, o a través de una mala y joven Ley del Parlamento; pero quiero decir que se podría haber subido un coche fúnebre por esa escalera, y llevarlo a lo ancho, con la barra de astillas hacia la

balustrades: and done it easy. There was plenty of width for that, and room to spare; which is perhaps the reason why Scrooge thought he saw a locomotive hearse going on before him in the gloom. Half-a-dozen gas-lamps out of the street wouldn't have lighted the entry too well, so you may suppose that it was pretty dark with Scrooge's dip.

Up Scrooge went, not caring a button for that. Darkness is cheap, and Scrooge liked it. But before he shut his heavy door, he walked through his rooms to see that all was right. He had just enough recollection of the face to desire to do that.

Sitting-room, bedroom, lumber-room. All as they should be. Nobody under the table, nobody under the sofa; a small fire in the grate; spoon and basin ready; and the little saucepan of gruel (Scrooge had a cold in his head) upon the hob. Nobody under the bed; nobody in the closet; nobody in his dressing-gown, which was hanging up in a suspicious attitude against the wall. Lumber-room as usual. Old fire-guard, old shoes, two fish-baskets, washing-stand on three legs, and a poker.

Quite satisfied, he closed his door, and locked himself in; double-locked himself in, which was not his custom. Thus secured against surprise, he took off his cravat; put on his dressing-gown and slippers, and his nightcap; and sat down before the fire to take his gruel.

It was a very low fire indeed; nothing on such a bitter night. He was obliged to sit close to it, and brood over it, before he could extract the least sensation of warmth from such a handful of fuel. The fireplace was an old one, built by some Dutch merchant long ago, and paved all round with quaint Dutch tiles, designed to illustrate the Scriptures. There were Cains and Abels, Pharaoh's daughters; Queens of Sheba, Angelic messengers descending through the air on clouds like feather-beds, Abrahams, Belshazzars, Apostles putting off to sea in butter-boats, hundreds of figures to attract his thoughts; and yet that face of Marley, seven years dead, came like the ancient Prophet's rod, and swallowed up the whole. If each smooth tile had been a blank at first, with power to shape some picture on its surface from the disjointed fragments of his thoughts, there would have been a copy of old Marley's head on every one.

pared y la puerta hacia las balaustradas: y hacerlo con facilidad. Había mucha anchura para ello, y espacio de sobra; lo cual es quizá la razón por la que Scrooge creyó ver un coche fúnebre de locomotora avanzando ante él en la penumbra. Media docena de lámparas de gas de la calle no habrían iluminado suficientemente la entrada, por lo que se puede suponer que estaba bastante oscuro con el descenso de Scrooge.

Arriba se fue Scrooge, sin importarle un bledo eso. La oscuridad es barata, y a Scrooge le gustaba. Pero antes de cerrar su pesada puerta, recorrió sus habitaciones para comprobar que todo estaba bien. Tenía el suficiente recuerdo de la cara como para necesitar hacerlo.

Salón, dormitorio, trastero. Todo como debe ser. Nadie bajo la mesa, nadie bajo el sofá; un pequeño fuego en la rejilla; cuchara y palangana preparadas; y la pequeña cacerola con gachas (Scrooge tenía un resfriado) sobre el fogón. Nadie bajo la cama; nadie en el armario; nadie en su bata, que estaba colgada en actitud sospechosa contra la pared. El trastero, como siempre. Un viejo guardafuegos, zapatos viejos, dos cestas de pescado, un lavabo con tres patas y un atizador.

Satisfecho, cerró la puerta y se encerró en la habitación, con doble llave, lo que no era su costumbre. Asegurado así contra la sorpresa, se quitó la corbata, se puso la bata y las zapatillas, y el gorro de dormir, y se sentó ante el fuego para comer sus gachas.

Era un fuego muy bajo; nada para una noche tan cruda. Se vio obligado a sentarse cerca de él, y a meditar sobre él, antes de poder extraer la menor sensación de calor de semejante puñado de combustible. La chimenea era antigua, construida por algún comerciante holandés hace mucho tiempo, y revestida con pintorescos azulejos holandeses, diseñados para ilustrar las Escrituras. Había Caínes y Abeles, hijas del Faraón; reinas de Saba, mensajeros angélicos que descendían por el aire en nubes como lechos de plumas, Abrahams, Belshazzars, Apóstoles que se hacían a la mar en botes, cientos de figuras que atraían sus pensamientos; y sin embargo, aquel rostro de Marley, siete años muerto, vino como la antigua vara del Profeta, y se lo tragó todo. Si cada baldosa lisa hubiera sido un espacio en blanco desde el comienzo, con el poder de dar forma a alguna imagen en su superficie a partir de los fragmentos inconexos de sus pensamientos, habría habido una copia de la cabeza del viejo Marley en cada una de ellas.

"Humbug!" said Scrooge; and walked across the room.

After several turns, he sat down again. As he threw his head back in the chair, his glance happened to rest upon a bell, a disused bell, that hung in the room, and communicated for some purpose now forgotten with a chamber in the highest story of the building. It was with great astonishment, and with a strange, inexplicable dread, that as he looked, he saw this bell begin to swing. It swung so softly in the outset that it scarcely made a sound; but soon it rang out loudly, and so did every bell in the house.

This might have lasted half a minute, or a minute, but it seemed an hour. The bells ceased as they had begun, together. They were succeeded by a clanking noise, deep down below; as if some person were dragging a heavy chain over the casks in the wine-merchant's cellar. Scrooge then remembered to have heard that ghosts in haunted houses were described as dragging chains.

The cellar-door flew open with a booming sound, and then he heard the noise much louder, on the floors below; then coming up the stairs; then coming straight towards his door.

"It's humbug still!" said Scrooge. "I won't believe it."

His colour changed though, when, without a pause, it came on through the heavy door, and passed into the room before his eyes. Upon its coming in, the dying flame leaped up, as though it cried, "I know him; Marley's Ghost!" and fell again.

The same face: the very same. Marley in his pigtail, usual waistcoat, tights and boots; the tassels on the latter bristling, like his pigtail, and his coat-skirts, and the hair upon his head. The chain he drew was clasped about his middle. It was long, and wound about him like a tail; and it was made (for Scrooge observed it closely) of cash-boxes, keys, padlocks, ledgers, deeds, and heavy purses wrought in steel. His body was transparent; so that Scrooge, observing him, and looking through his waistcoat, could see the two buttons on his coat behind.

Scrooge had often heard it said that Marley had no bowels, but he had never believed it until now.

«¡Tonterías!», dijo Scrooge, y cruzó la habitación.

Después de varias vueltas, volvió a sentarse. Mientras echaba la cabeza hacia atrás en la silla, su mirada se posó por casualidad en una campana, una campana en desuso, que colgaba en la habitación, y que se comunicaba con algún propósito ahora olvidado con una cámara en el piso más alto del edificio. Con gran asombro, y con un extraño e inexplicable temor, mientras miraba, vio que esta campana comenzaba a oscilar. Al principio se balanceaba tan suavemente que apenas hacía ruido; pero pronto sonó con fuerza, al igual que todas las campanas de la casa.

Esto podría haber durado medio minuto, o un minuto, pero pareció una hora. Las campanas cesaron como habían empezado, juntas. Les siguió un ruido metálico, en el fondo, como si alguien arrastrara una pesada cadena sobre los barriles de la bodega del mercader de vinos. Scrooge recordó entonces que había oído decir que se describía a los fantasmas de las casas encantadas diciendo que arrastran cadenas.

La puerta del sótano se abrió de golpe con un sonido estruendoso, y luego oyó el ruido mucho más fuerte, en los pisos de abajo; luego subiendo las escaleras; luego viniendo directamente hacia su puerta.

«¡Sigue siendo una tontería!», dijo Scrooge. «No lo creo».

Pero su color cambió cuando, sin detenerse, atravesó la pesada puerta y entró en la habitación ante sus ojos. Al entrar, la llama moribunda se encendió, como si gritara «Lo conozco, el fantasma de Marley», y volvió a ceder.

La misma cara: la misma. Marley con su coleta, su chaleco habitual, sus calzas y sus botas; las borlas de estas últimas erizadas, como su coleta, y sus faldas de abrigo, y el pelo de la cabeza. La cadena que llevaba estaba sujeta a la mitad del cuerpo. Era larga y se enroscaba en torno a él como una cola; y estaba hecha (porque Scrooge la observó de cerca) de cajas de dinero, llaves, candados, libros de contabilidad, escrituras y pesados monederos forjados en acero. Su cuerpo era transparente; de modo que Scrooge, al observarlo, y mirar a través de su chaleco, podía ver los dos botones de su abrigo por detrás.

Scrooge había oído decir a menudo que Marley no tenía intestinos, pero nunca lo había creído hasta ahora.

No, nor did he believe it even now. Though he looked the phantom through and through, and saw it standing before him; though he felt the chilling influence of its death-cold eyes; and marked the very texture of the folded kerchief bound about its head and chin, which wrapper he had not observed before; he was still incredulous, and fought against his senses.

"How now!" said Scrooge, caustic and cold as ever. "What do you want with me?"

"Much!"—Marley's voice, no doubt about it.

No, ni siquiera ahora lo creía. Aunque miró al fantasma de arriba abajo, y lo vio de pie ante él; aunque sintió el escalofriante influjo de sus ojos fríos como la muerte; y marcó la textura misma del pañuelo doblado atado a su cabeza y barbilla, cuya envoltura no había observado antes; seguía siendo incrédulo, y luchaba contra sus sentidos.

«¡Cómo ahora!», dijo Scrooge, cáustico y frío como siempre. «¿Qué quieres de mí?».

«¡Mucho!»… la voz de Marley, sin duda.

"Who are you?"

"Ask me who I was."

"Who were you then?" said Scrooge, raising his voice. "You're particular, for a shade." He was going to say "to a shade," but substituted this, as more appropriate.

"In life I was your partner, Jacob Marley."

"Can you—can you sit down?" asked Scrooge, looking doubtfully at him.

"I can."

"Do it, then."

Scrooge asked the question, because he didn't know whether a ghost so transparent might find himself in a condition to take a chair; and felt that in the event of its being impossible, it might involve the necessity of an embarrassing explanation. But the ghost sat down on the opposite side of the fireplace, as if he were quite used to it.

"You don't believe in me," observed the Ghost.

"I don't," said Scrooge.

"What evidence would you have of my reality beyond that of your senses?"

"I don't know," said Scrooge.

"Why do you doubt your senses?"

"Because," said Scrooge, "a little thing affects them. A slight disorder of the stomach makes them cheats. You may be an undigested bit of beef, a blot of mustard, a crumb of cheese, a fragment of an underdone potato. There's more of gravy than of grave about you, whatever you are!"

«¿Quién eres tú?».

«Pregúntame quién era».

«¿Quién eras tú entonces?», dijo Scrooge, levantando la voz. «Eres particular, para ser una sombra». Iba a decir «para una sombra», pero lo sustituyó por esto, como más apropiado.

«En vida fui tu socio, Jacob Marley».

«¿Puedes... puedes sentarte?», preguntó Scrooge, mirándolo con duda.

«Sí puedo».

«Hazlo, entonces».

Scrooge hizo la pregunta, porque no sabía si un fantasma tan transparente podría encontrarse en condiciones de ocupar una silla; y pensó que en el caso de que fuera imposible, podría implicar la necesidad de una explicación embarazosa. Pero el fantasma se sentó en el lado opuesto de la chimenea, como si estuviera acostumbrado.

«No crees en mí», observó el Fantasma.

«No lo hago», dijo Scrooge.

«¿Qué pruebas exigirías de mi realidad más allá de la de tus sentidos?».

«No lo sé», dijo Scrooge.

«¿Por qué dudas de tus sentidos?».

«Porque», dijo Scrooge, «una pequeña cosa les afecta. Un ligero trastorno del estómago los convierte en tramposos. Puede ser un trozo de carne sin digerir, una mancha de mostaza, una migaja de queso, un fragmento de una patata poco cocida. Hay más de salsa que de tumba en ti, seas lo que seas».

Scrooge was not much in the habit of cracking jokes, nor did he feel, in his heart, by any means waggish then. The truth is, that he tried to be smart, as a means of distracting his own attention, and keeping down his terror; for the spectre's voice disturbed the very marrow in his bones.

To sit, staring at those fixed glazed eyes, in silence for a moment, would play, Scrooge felt, the very deuce with him. There was something very awful, too, in the spectre's being provided with an infernal atmosphere of its own. Scrooge could not feel it himself, but this was clearly the case; for though the Ghost sat perfectly motionless, its hair, and skirts, and tassels, were still agitated as by the hot vapour from an oven.

"You see this toothpick?" said Scrooge, returning quickly to the charge, for the reason just assigned; and wishing, though it were only for a second, to divert the vision's stony gaze from himself.

"I do," replied the Ghost.

"You are not looking at it," said Scrooge.

"But I see it," said the Ghost, "notwithstanding."

"Well!" returned Scrooge, "I have but to swallow this, and be for the rest of my days persecuted by a legion of goblins, all of my own creation. Humbug, I tell you! humbug!"

At this the spirit raised a frightful cry, and shook its chain with such a dismal and appalling noise, that Scrooge held on tight to his chair, to save himself from falling in a swoon. But how much greater was his horror, when the phantom taking off the bandage round its head, as if it were too warm to wear indoors, its lower jaw dropped down upon its breast!

Scrooge fell upon his knees, and clasped his hands before his face.

"Mercy!" he said. "Dreadful apparition, why do you trouble me?"

"Man of the worldly mind!" replied the Ghost, "do you believe in

Scrooge no tenía la costumbre de hacer bromas, ni se sentía, en su fuero interno, de ninguna manera chistoso en ese momento. La verdad es que trató de hacerse el listo, como medio de distraer su propia atención, y de contener su terror; porque la voz del espectro le perturbaba hasta la médula de los huesos.

Sentarse, mirando fijamente esos ojos vidriosos, en silencio por un momento, jugaría, según la opinión de Scrooge, al mismísimo infierno con él. También había algo muy horrible en el hecho de que el espectro estuviera provisto de una atmósfera infernal propia. Scrooge no podía sentirlo él mismo, pero era evidente que así era, pues aunque el Fantasma estaba perfectamente inmóvil, sus cabellos, sus faldas y sus borlas se agitaban como por el vapor caliente de un horno.

«¿Ves este mondadientes?», dijo Scrooge, volviendo rápidamente a la carga, por la razón que se acaba de asignar; y deseando, aunque sólo fuera por un segundo, desviar la mirada pétrea de la visión de sí mismo.

«Así es», respondió el Fantasma.

«No lo estás mirando», dijo Scrooge.

«Pero lo veo», dijo el Fantasma, «a pesar de todo».

«¡Bueno!», respondió Scrooge, «no tengo más que tragarme esto, y ser perseguido durante el resto de mis días por una legión de duendes, todos de mi propia creación. ¡Qué tontería, te digo! ¡Qué tontería!».

Al oír esto, el espíritu lanzó un grito espantoso, y agitó su cadena con un ruido tan lúgubre y atroz, que Scrooge se aferró fuertemente a su silla, para no caer desmayado. Pero cuánto mayor fue su horror, cuando el fantasma se quitó la venda que le rodeaba la cabeza, como si hiciera demasiado calor como para llevarla puesta puertas adentro, y su mandíbula inferior cayó sobre su pecho.

Scrooge cayó de rodillas y se llevó las manos a la cara.

«¡Piedad!», dijo. «Espantosa aparición, ¿por qué me molestas?».

«¡Hombre de mente mundana!», respondió el Fantasma, «¿crees en

me or not?"

"I do," said Scrooge. "I must. But why do spirits walk the earth, and why do they come to me?"

"It is required of every man," the Ghost returned, "that the spirit within him should walk abroad among his fellowmen, and travel far and wide; and if that spirit goes not forth in life, it is condemned to do so after death. It is doomed to wander through the world—oh, woe is me!—and witness what it cannot share, but might have shared on earth, and turned to happiness!"

Again the spectre raised a cry, and shook its chain and wrung its shadowy hands.

"You are fettered," said Scrooge, trembling. "Tell me why?"

"I wear the chain I forged in life," replied the Ghost. "I made it link by link, and yard by yard; I girded it on of my own free will, and of my own free will I wore it. Is its pattern strange to you?"

Scrooge trembled more and more.

"Or would you know," pursued the Ghost, "the weight and length of the strong coil you bear yourself? It was full as heavy and as long as this, seven Christmas Eves ago. You have laboured on it, since. It is a ponderous chain!"

Scrooge glanced about him on the floor, in the expectation of finding himself surrounded by some fifty or sixty fathoms of iron cable: but he could see nothing.

"Jacob," he said, imploringly. "Old Jacob Marley, tell me more. Speak comfort to me, Jacob!"

"I have none to give," the Ghost replied. "It comes from other regions, Ebenezer Scrooge, and is conveyed by other ministers, to other kinds of men. Nor can I tell you what I would. A very little more is all permitted to me. I cannot rest, I cannot stay, I cannot linger anywhere. My spirit never walked beyond our counting-house—mark

mí o no?».

«Lo hago», dijo Scrooge. «Debo hacerlo. Pero, ¿por qué los espíritus caminan por la tierra, y por qué vienen a mí?».

«Se requiere de todo hombre», volvió a decir el Fantasma, «que el espíritu que lleva dentro camine entre sus semejantes, y viaje a lo largo y ancho; y si ese espíritu no sale en vida, está condenado a hacerlo después de la muerte. Está condenado a vagar por el mundo —¡oh, ay de mí!— y a ser testigo de lo que no puede compartir, pero que podría haber compartido en la tierra, y convertido en felicidad».

De nuevo el espectro lanzó un grito, y agitó su cadena y retorció sus sombrías manos.

«Estás encadenado», dijo Scrooge, temblando. «¿Dime por qué?».

«Llevo la cadena que forjé en vida», respondió el Fantasma. «La hice eslabón por eslabón, y yarda por yarda; me la ceñí por mi propia voluntad, y por mi propia voluntad la llevé. ¿Te resulta extraño su diseño?».

Scrooge temblaba cada vez más.

«¿O quieres saber», prosiguió el Fantasma, «el peso y la longitud de la fuerte espiral que tú mismo llevas? Era tan pesada y tan larga como ésta, hace siete Nochebuenas. Desde entonces has trabajado en ella. Es una cadena pesada».

Scrooge miró a su alrededor, en el suelo, con la expectativa de encontrarse rodeado por unas cincuenta o sesenta brazas de cable de hierro: pero no pudo ver nada.

«Jacob», dijo, implorante. «Viejo Jacob Marley, cuéntame más. Dame un consuelo, Jacob!».

«No tengo nada que dar», respondió el Fantasma. «Viene de otras regiones, Ebenezer Scrooge, y es transmitido por otros ministros, a otra clase de hombres. Tampoco puedo decirte lo que quisiera. Un poco más es todo lo que se me permite. No puedo descansar, no puedo quedarme, no puedo permanecer en ningún sitio. Mi espíritu nunca ha ido más allá

me!—in life my spirit never roved beyond the narrow limits of our money-changing hole; and weary journeys lie before me!"

It was a habit with Scrooge, whenever he became thoughtful, to put his hands in his breeches pockets. Pondering on what the Ghost had said, he did so now, but without lifting up his eyes, or getting off his knees.

"You must have been very slow about it, Jacob," Scrooge observed, in a business-like manner, though with humility and deference.

"Slow!" the Ghost repeated.

"Seven years dead," mused Scrooge. "And travelling all the time!"

"The whole time," said the Ghost. "No rest, no peace. Incessant torture of remorse."

"You travel fast?" said Scrooge.

"On the wings of the wind," replied the Ghost.

"You might have got over a great quantity of ground in seven years," said Scrooge.

The Ghost, on hearing this, set up another cry, and clanked its chain so hideously in the dead silence of the night, that the Ward would have been justified in indicting it for a nuisance.

"Oh! captive, bound, and double-ironed," cried the phantom, "not to know, that ages of incessant labour by immortal creatures, for this earth must pass into eternity before the good of which it is susceptible is all developed. Not to know that any Christian spirit working kindly in its little sphere, whatever it may be, will find its mortal life too short for its vast means of usefulness. Not to know that no space of regret can make amends for one life's opportunity misused! Yet such was I! Oh! such was I!"

de nuestro despacho —¡fíjate!— en vida mi espíritu nunca ha ido más allá de los estrechos límites de nuestro agujero donde cambiamos dinero; ¡y me esperan viajes agotadores!».

Era costumbre de Scrooge, cada vez que se ponía pensativo, meter las manos en los bolsillos de los pantalones. Reflexionando sobre lo que el Fantasma había dicho, así lo hizo ahora, pero sin levantar los ojos, ni levantarse de las rodillas.

«Debes de haber tardado mucho en hacerlo, Jacob», observó Scrooge, con aire empresarial, aunque con humildad y deferencia.

«¡Tardado!», repitió el Fantasma.

«Siete años muerto», reflexionó Scrooge. «¡Y viajando todo el tiempo!».

«Todo el tiempo», dijo el Fantasma. «Sin descanso, sin paz. Tortura incesante de remordimientos».

«¿Viajas rápido?», dijo Scrooge.

«En las alas del viento», respondió el Fantasma.

«Debes haber recorrido una gran cantidad de terreno en siete años», dijo Scrooge.

El Fantasma, al oír esto, lanzó otro grito, y golpeó su cadena tan horriblemente en el silencio de la noche, que el pabellón habría estado justificado en acusarlo de molestia.

«¡Oh! cautivo, atado y doblemente encadenado», gritó el fantasma, «no saber, las edades de trabajo incesante de las criaturas inmortales, porque esta tierra debe pasar a la eternidad antes de que se desarrolle todo el bien del que es susceptible. No saber que cualquier espíritu cristiano que trabaje amablemente en su pequeña esfera, cualquiera que sea, encontrará su vida mortal demasiado corta para sus vastos medios de utilidad. No saber que ningún espacio de arrepentimiento puede compensar la oportunidad de una vida mal empleada. Sin embargo, ¡así era yo! ¡Oh, así era yo!».

"But you were always a good man of business, Jacob," faltered Scrooge, who now began to apply this to himself.

"Business!" cried the Ghost, wringing its hands again. "Mankind was my business. The common welfare was my business; charity, mercy, forbearance, and benevolence, were, all, my business. The dealings of my trade were but a drop of water in the comprehensive ocean of my business!"

It held up its chain at arm's length, as if that were the cause of all its unavailing grief, and flung it heavily upon the ground again.

"At this time of the rolling year," the spectre said, "I suffer most. Why did I walk through crowds of fellow-beings with my eyes turned down, and never raise them to that blessed Star which led the Wise Men to a poor abode! Were there no poor homes to which its light would have conducted me!"

Scrooge was very much dismayed to hear the spectre going on at this rate, and began to quake exceedingly.

"Hear me!" cried the Ghost. "My time is nearly gone."

"I will," said Scrooge. "But don't be hard upon me! Don't be flowery, Jacob! Pray!"

"How it is that I appear before you in a shape that you can see, I may not tell. I have sat invisible beside you many and many a day."

It was not an agreeable idea. Scrooge shivered, and wiped the perspiration from his brow.

"That is no light part of my penance," pursued the Ghost. "I am here to-night to warn you, that you have yet a chance and hope of escaping my fate. A chance and hope of my procuring, Ebenezer."

"You were always a good friend to me," said Scrooge. "Thank'ee!"

«Pero siempre fuiste un buen hombre de negocios, Jacob», titubeó Scrooge, que ahora empezó a referirse a sí mismo.

«¡Negocios!», gritó el Fantasma, retorciéndose las manos de nuevo. «La humanidad era mi negocio. El bienestar común era mi negocio; la caridad, la misericordia, la tolerancia y la benevolencia eran, todas, mi negocio. ¡Los negocios de mi comercio no eran más que una gota de agua en el amplio océano de mis negocios!».

Levantó la cadena a lo largo del brazo, como si esa fuera la causa de todo su infructuoso dolor, y la arrojó pesadamente al suelo de nuevo.

«En esta época del año en curso», dijo el espectro, «es cuando más sufro. ¿Por qué caminé entre la multitud de seres humanos con los ojos bajos, y nunca los levanté hacia esa bendita estrella que condujo a los Reyes Magos a una pobre morada? No había hogares pobres a los que su luz me hubiera conducido».

Scrooge se sintió muy consternado al oír que el espectro continuaba por este camino, y comenzó a temblar en exceso.

«¡Escúchame!», gritó el Fantasma. «Mi tiempo casi se ha acabado».

«Lo haré», dijo Scrooge. «¡Pero no seas duro conmigo! ¡No seas verborrágico, ¡Jacob! ¡Reza!».

«Cómo es que aparezco ante ti en una forma que puedes ver, no puedo decirlo. Me he sentado invisible a tu lado muchos y muchos días».

No era una idea agradable. Scrooge se estremeció y se secó el sudor de la frente.

«Esa no es una parte ligera de mi penitencia», prosiguió el Fantasma. «Estoy aquí para advertirte que aún tienes una oportunidad y una esperanza de escapar a mi destino. Una oportunidad y una esperanza de que yo lo consiga, Ebenezer».

«Siempre fuiste un buen amigo para mí», dijo Scrooge. «¡Gracias!».

"You will be haunted," resumed the Ghost, "by Three Spirits."

Scrooge's countenance fell almost as low as the Ghost's had done.

"Is that the chance and hope you mentioned, Jacob?" he demanded, in a faltering voice.

"It is."

«Serás perseguido», continuó el Fantasma, «por tres espíritus».

El semblante de Scrooge bajó casi tanto como el del Fantasma.

«¿Es esa la oportunidad y la esperanza que mencionaste, Jacob?», preguntó, con voz vacilante.

«Lo es».

"I—I think I'd rather not," said Scrooge.

"Without their visits," said the Ghost, "you cannot hope to shun the path I tread. Expect the first to-morrow, when the bell tolls One."

"Couldn't I take 'em all at once, and have it over, Jacob?" hinted Scrooge.

"Expect the second on the next night at the same hour. The third upon the next night when the last stroke of Twelve has ceased to vibrate. Look to see me no more; and look that, for your own sake, you remember what has passed between us!"

When it had said these words, the spectre took its wrapper from the table, and bound it round its head, as before. Scrooge knew this, by the smart sound its teeth made, when the jaws were brought together by the bandage. He ventured to raise his eyes again, and found his supernatural visitor confronting him in an erect attitude, with its chain wound over and about its arm.

The apparition walked backward from him; and at every step it took, the window raised itself a little, so that when the spectre reached it, it was wide open.

It beckoned Scrooge to approach, which he did. When they were within two paces of each other, Marley's Ghost held up its hand, warning him to come no nearer. Scrooge stopped.

Not so much in obedience, as in surprise and fear: for on the raising of the hand, he became sensible of confused noises in the air; incoherent sounds of lamentation and regret; wailings inexpressibly sorrowful and self-accusatory. The spectre, after listening for a moment, joined in the mournful dirge; and floated out upon the bleak, dark night.

Scrooge followed to the window: desperate in his curiosity. He looked out.

The air was filled with phantoms, wandering hither and thither in

«Yo... yo creo que prefiero no hacerlo», dijo Scrooge.

«Sin sus visitas», dijo el Fantasma, «no puedes esperar evitar el camino que yo piso. Espera la primera mañana, cuando la campana toque a la una».

«¿No podría aceptarlos todos de una vez y acabar con ellos, Jacob?», insinuó Scrooge.

«Espera el segundo en la noche siguiente a la misma hora. El tercero a la noche siguiente, cuando el último golpe de las doce haya dejado de vibrar. No busques verme más; y mira que, por tu propio bien, recuerdes lo que ha pasado entre nosotros».

Cuando hubo dicho estas palabras, el espectro tomó su envoltorio de la mesa y se lo ató alrededor de la cabeza, como antes. Scrooge lo supo por el fuerte sonido que hicieron sus dientes al juntar las mandíbulas con la venda. Se aventuró a levantar los ojos de nuevo, y encontró a su visitante sobrenatural enfrentándose a él en una actitud erguida, con su cadena enrollada sobre y alrededor de su brazo.

La aparición se alejó de él; y a cada paso que daba, la ventana se elevaba un poco, de modo que cuando el espectro la alcanzó, estaba abierta de par en par.

Le hizo una seña a Scrooge para que se acercara, y así lo hizo. Cuando estaban a dos pasos de distancia, el Fantasma de Marley levantó la mano, advirtiéndole que no se acercara. Scrooge se detuvo.

No tanto por obediencia, sino por sorpresa y temor, pues al levantar la mano, percibió ruidos confusos en el aire; sonidos incoherentes de lamento y pesar; gemidos inexpresablemente dolorosos y autoacusatorios. El espectro, después de escuchar por un momento, se unió al lúgubre canto, y salió flotando en la sombría y oscura noche.

Scrooge siguió hasta la ventana: desesperado de curiosidad. Se asomó.

El aire estaba lleno de fantasmas, que iban de un lado a otro con una

restless haste, and moaning as they went. Every one of them wore chains like Marley's Ghost; some few (they might be guilty governments) were linked together; none were free. Many had been personally known to Scrooge in their lives. He had been quite familiar with one old ghost, in a white waistcoat, with a monstrous iron safe attached to its ankle, who cried piteously at being unable to assist a wretched woman with an infant, whom it saw below, upon a doorstep. The misery with them all was, clearly, that they sought to interfere, for good, in human matters, and had lost the power for ever.

Whether these creatures faded into mist, or mist enshrouded them, he could not tell. But they and their spirit voices faded together; and the night became as it had been when he walked home.

Scrooge closed the window, and examined the door by which the Ghost had entered. It was double-locked, as he had locked it with his own hands, and the bolts were undisturbed. He tried to say "Humbug!" but stopped at the first syllable. And being, from the emotion he had undergone, or the fatigues of the day, or his glimpse of the Invisible World, or the dull conversation of the Ghost, or the lateness of the hour, much in need of repose; went straight to bed, without undressing, and fell asleep upon the instant.

prisa inquieta, y que gemían mientras avanzaban. Cada uno de ellos llevaba cadenas como el Fantasma de Marley; algunos pocos (podrían ser gobiernos culpables) estaban unidos entre sí; ninguno estaba libre. Muchos habían sido conocidos personalmente por Scrooge cuando vivían. Había conocido a un viejo fantasma, con un chaleco blanco y una monstruosa caja fuerte de hierro atada al tobillo, que lloraba lastimosamente al no poder ayudar a una desdichada mujer con un bebé, a la que vio abajo, en el umbral de una puerta. La miseria de todos ellos era, claramente, que intentaban interferir, para bien, en los asuntos humanos, y habían perdido el poder de hacerlo para siempre.

No pudo saber si estas criaturas se desvanecieron en la niebla o si la niebla las envolvió. Pero ellos y sus voces espirituales se desvanecieron juntos, y la noche volvió a estar igual a como estaba cuando él regresó a casa.

Scrooge cerró la ventana y examinó la puerta por la que había entrado el Fantasma. Estaba cerrada con doble llave, ya que la había cerrado con sus propias manos, y los cerrojos estaban intactos. Intentó decir «¡Tonterías!», pero se detuvo en la primera sílaba. Y estando, por la emoción que había sufrido, o por las fatigas del día, o por su visión del Mundo Invisible, o por la opaca conversación del Fantasma, o por lo tardío de la hora, muy necesitado de reposo se fue directamente a la cama, sin desvestirse, y se durmió al instante.

STAVE TWO — THE FIRST OF THE THREE SPIRITS

When Scrooge awoke, it was so dark, that looking out of bed, he could scarcely distinguish the transparent window from the opaque walls of his chamber. He was endeavouring to pierce the darkness with his ferret eyes, when the chimes of a neighbouring church struck the four quarters. So he listened for the hour.

To his great astonishment the heavy bell went on from six to seven, and from seven to eight, and regularly up to twelve; then stopped. Twelve! It was past two when he went to bed. The clock was wrong. An icicle must have got into the works. Twelve!

He touched the spring of his repeater, to correct this most preposterous clock. Its rapid little pulse beat twelve: and stopped.

"Why, it isn't possible," said Scrooge, "that I can have slept through a whole day and far into another night. It isn't possible that anything has happened to the sun, and this is twelve at noon!"

The idea being an alarming one, he scrambled out of bed, and groped his way to the window. He was obliged to rub the frost off with the sleeve of his dressing-gown before he could see anything; and could see very little then. All he could make out was, that it was still very foggy and extremely cold, and that there was no noise of people running to and fro, and making a great stir, as there unquestionably would have been if night had beaten off bright day, and taken possession of the world. This was a great relief, because "three days after sight of this First of Exchange pay to Mr. Ebenezer Scrooge or his order," and so forth, would have become a mere United States' security if there were no days to count by.

Scrooge went to bed again, and thought, and thought, and thought it over and over and over, and could make nothing of it. The more he thought, the more perplexed he was; and the more he endeavoured not to think, the more he thought.

Marley's Ghost bothered him exceedingly. Every time he resolved within himself, after mature inquiry, that it was all a dream, his mind

Cuando Scrooge se despertó, estaba tan oscuro que, al mirar fuera de la cama, apenas podía distinguir la ventana transparente de las paredes opacas de su habitación. Se esforzaba por atravesar la oscuridad con sus ojos de hurón cuando las campanadas de una iglesia vecina dieron los cuatro cuartos. Entonces se puso a esperar la hora.

Para su gran asombro, la pesada campana pasó de las seis a las siete, y de las siete a las ocho, y regularmente hasta las doce; luego se detuvo. ¡Las doce! Eran algo más de las dos cuando se acostó. El reloj estaba equivocado. Un carámbano debía de haberse colado en el mecanismo. ¡Las doce!

Tocó el resorte de su repetidor, para corregir este reloj tan absurdo. Su pequeño y rápido pulso marcó las doce: y se detuvo.

«No es posible», dijo Scrooge, «que pueda haber dormido durante todo un día hasta la otra noche. No es posible que le haya pasado nada al sol, ¡y son las doce del mediodía!».

Como la idea era alarmante, se levantó de la cama y se dirigió a la ventana a tientas. Se vio obligado a frotar la escarcha con la manga de su bata antes de poder ver algo; y aún así pudo ver muy poco. Todo lo que pudo distinguir fue que todavía había mucha niebla y hacía mucho frío, y que no había ruido de gente corriendo de un lado a otro, y haciendo un gran revuelo, como indudablemente habría habido si la noche hubiera vencido al brillante día y se hubiera apoderado del mundo. Esto fue un gran alivio, porque «tres días después de haber visto este Primero de Cambio pagar al señor Ebenezer Scrooge o su orden», y así sucesivamente... se habría convertido en una mera seguridad de los Estados Unidos si no hubiera días para contar.

Scrooge se acostó de nuevo, y pensó, y pensó, y pensó una y otra vez, y no pudo sacar nada en claro. Cuanto más pensaba, más perplejo estaba; y cuanto más se esforzaba por no pensar, más pensaba.

El Fantasma de Marley le molestaba sobremanera. Cada vez que decidía en su interior, después de una madura indagación, que todo era un

flew back again, like a strong spring released, to its first position, and presented the same problem to be worked all through, "Was it a dream or not?"

Scrooge lay in this state until the chime had gone three quarters more, when he remembered, on a sudden, that the Ghost had warned him of a visitation when the bell tolled one. He resolved to lie awake until the hour was passed; and, considering that he could no more go to sleep than go to Heaven, this was perhaps the wisest resolution in his power.

The quarter was so long, that he was more than once convinced he must have sunk into a doze unconsciously, and missed the clock. At length it broke upon his listening ear.

"Ding, dong!"

"A quarter past," said Scrooge, counting.

"Ding, dong!"

"Half-past!" said Scrooge.

"Ding, dong!"

"A quarter to it," said Scrooge.

"Ding, dong!"

"The hour itself," said Scrooge, triumphantly, "and nothing else!"

He spoke before the hour bell sounded, which it now did with a deep, dull, hollow, melancholy One. Light flashed up in the room upon the instant, and the curtains of his bed were drawn.

The curtains of his bed were drawn aside, I tell you, by a hand. Not the curtains at his feet, nor the curtains at his back, but those to which his face was addressed. The curtains of his bed were drawn aside; and Scrooge, starting up into a half-recumbent attitude, found himself face to face with the unearthly visitor who drew them: as

sueño, su mente volvía a volar, como un fuerte resorte liberado, a su primera posición, y le presentaba el mismo problema que debía resolver todo el tiempo: «¿Era un sueño o no?».

Scrooge permaneció en este estado hasta que la campanada dio tres cuartos más, cuando recordó, de repente, que el Fantasma le había advertido de una visita cuando la campana diera la primera campanada. Decidió permanecer despierto hasta que pasara la hora; y, considerando que no podía dormirse más que ir al Cielo, ésta era quizá la resolución más sabia que podía tomar.

El cuarto de hora fue tan largo que más de una vez estuvo convencido de que debía de haberse dormido inconscientemente y no había visto el reloj. Al final, el reloj llegó a sus oídos.

«¡Ding, dong!».

«Un cuarto de hora», dijo Scrooge, contando.

«¡Ding, dong!».

«¡Ya son las doce y media!», dijo Scrooge.

«¡Ding, dong!».

«Falta un cuarto de hora», dijo Scrooge.

«¡Ding, dong!».

«La hora misma», dijo Scrooge, triunfante, «¡y nada más!».

Habló antes de que sonara la campana de la hora, que ahora lo hacía con un profundo, sordo, hueco y melancólico Uno. La luz se encendió en la habitación al instante, y las cortinas de su cama se corrieron.

Las cortinas de su cama fueron apartadas, te digo, por una mano. No las cortinas de sus pies, ni las de su espalda, sino aquellas que estaban frente a su rostro. Las cortinas de su cama se descorrieron; y Scrooge, incorporándose a medias, se encontró cara a cara con el visitante sobrenatural que las descorría: tan cerca de él como yo lo estoy ahora de ti, y

close to it as I am now to you, and I am standing in the spirit at your elbow.

It was a strange figure—like a child: yet not so like a child as like an old man, viewed through some supernatural medium, which gave him the appearance of having receded from the view, and being diminished to a child's proportions. Its hair, which hung about its neck and down its back, was white as if with age; and yet the face had not a wrinkle in it, and the tenderest bloom was on the skin. The arms were very long and muscular; the hands the same, as if its hold were of uncommon strength. Its legs and feet, most delicately formed, were, like those upper members, bare. It wore a tunic of the purest white; and round its waist was bound a lustrous belt, the sheen of which was beautiful. It held a branch of fresh green holly in its hand; and, in singular contradiction of that wintry emblem, had its dress trimmed with summer flowers. But the strangest thing about it was, that from the crown of its head there sprung a bright clear jet of light, by which all this was visible; and which was doubtless the occasion of its using, in its duller moments, a great extinguisher for a cap, which it now held under its arm.

Even this, though, when Scrooge looked at it with increasing steadiness, was not its strangest quality. For as its belt sparkled and glittered now in one part and now in another, and what was light one instant, at another time was dark, so the figure itself fluctuated in its distinctness: being now a thing with one arm, now with one leg, now with twenty legs, now a pair of legs without a head, now a head without a body: of which dissolving parts, no outline would be visible in the dense gloom wherein they melted away. And in the very wonder of this, it would be itself again; distinct and clear as ever.

"Are you the Spirit, sir, whose coming was foretold to me?" asked Scrooge.

"I am!"

The voice was soft and gentle. Singularly low, as if instead of being so close beside him, it were at a distance.

"Who, and what are you?" Scrooge demanded.

estoy de pie en espíritu, junto a tu codo.

Era una figura extraña… como la de un niño, pero no tanto como un niño, sino como un anciano, visto a través de algún medio sobrenatural, que le daba la apariencia de haberse alejado de la vista y de estar reducido a las proporciones de un niño. Su pelo, que le colgaba al lado del cuello y de la espalda, estaba blanco como por la edad; y, sin embargo, el rostro no tenía ni una sola arruga, y la piel tenía la más tierna frescura. Los brazos eran muy largos y fibrosos; las manos, lo mismo, como si tuviera una fuerza poco común. Las piernas y los pies, de formas muy delicadas, estaban, al igual que los miembros superiores, desnudos. Llevaba una túnica del blanco más puro y alrededor de la cintura tenía un cinturón lustroso, cuyo brillo era hermoso. Llevaba en la mano una rama de acebo verde y fresco, y, en singular contradicción con aquel emblema invernal, tenía su vestido adornado con flores de verano. Pero lo más extraño era que de la coronilla de su cabeza brotaba un chorro de luz clara y brillante, por el que todo esto era visible; y que sin duda era la ocasión de que usara, en sus momentos más aburridos, un gran extintor como gorra, que ahora llevaba bajo el brazo.

Pero incluso esto, cuando Scrooge le miraba con creciente firmeza, no era su cualidad más extraña. Porque así como su cinturón brillaba y resplandecía ahora en una parte y ahora en otra, lo que hacía que en un momento era claro, en otro era oscuro, así la figura misma fluctuaba en su nitidez: siendo ahora una cosa con un brazo, ahora con una pierna, ahora con veinte piernas, ahora un par de piernas sin cabeza, ahora una cabeza sin cuerpo: de cuyas partes que se disolvían, ningún contorno era visible en la densa penumbra en que se fundían. Y en la misma maravilla de esto, volvía a ser él mismo; distinto y claro como siempre.

«¿Es usted el Espíritu, señor, cuya venida me fue anunciada?», preguntó Scrooge.

«¡Lo soy!».

La voz era suave y gentil. Singularmente baja, como si en lugar de estar tan cerca de él, estuviera a la distancia.

«¿Quién y qué es usted?», preguntó Scrooge.

"I am the Ghost of Christmas Past."

"Long Past?" inquired Scrooge: observant of its dwarfish stature.

"No. Your past."

Perhaps, Scrooge could not have told anybody why, if anybody could have asked him; but he had a special desire to see the Spirit in his cap; and begged him to be covered.

"What!" exclaimed the Ghost, "would you so soon put out, with worldly hands, the light I give? Is it not enough that you are one of those whose passions made this cap, and force me through whole trains of years to wear it low upon my brow!"

Scrooge reverently disclaimed all intention to offend or any knowledge of having wilfully "bonneted" the Spirit at any period of his life. He then made bold to inquire what business brought him there.

"Your welfare!" said the Ghost.

Scrooge expressed himself much obliged, but could not help thinking that a night of unbroken rest would have been more conducive to that end. The Spirit must have heard him thinking, for it said immediately:

"Your reclamation, then. Take heed!"

It put out its strong hand as it spoke, and clasped him gently by the arm.

"Rise! and walk with me!"

It would have been in vain for Scrooge to plead that the weather and the hour were not adapted to pedestrian purposes; that bed was warm, and the thermometer a long way below freezing; that he was clad but lightly in his slippers, dressing-gown, and nightcap; and that he had a cold upon him at that time. The grasp, though gentle as a

«Soy el Fantasma de las Navidades pasadas».

«¿Pasadas hace mucho tiempo?», preguntó Scrooge: observando su estatura enana.

«No. De tu pasado».

Tal vez, Scrooge no hubiera podido decirle a nadie por qué, si alguien se lo hubiera preguntado; pero tenía un deseo especial de ver al Espíritu con su gorro; y le rogó que se cubriera.

«¿Qué?», exclamó el Fantasma, «¿quieres apagar tan pronto, con manos mundanas, la luz que doy? ¿No es suficiente que seas uno de aquellos cuyas pasiones hicieron este gorro, y me obligan a través de tramos enteros de años a llevarlo sobre mi frente?».

Scrooge negó reverentemente toda intención de ofender o cualquier conocimiento de haber «encapuchado» intencionadamente al Espíritu en algún momento de su vida. A continuación se atrevió a preguntar qué asuntos le habían traído hasta allí.

«¡Tu bienestar!», dijo el Fantasma.

Scrooge se mostró muy agradecido, pero no pudo evitar pensar que una noche de descanso ininterrumpido habría sido más propicia para ese fin. El Espíritu debe haberle oído pensar, porque dijo inmediatamente:

«Tu reclamo, entonces. ¡Ten cuidado!».

Extendió su fuerte mano mientras hablaba y lo agarró suavemente por el brazo.

«¡Levántate y camina conmigo!».

Habría sido en vano que Scrooge alegara que el tiempo y la hora no eran apropiados para propósitos pedestres; que la cama era abrigada, y el termómetro estaba muy por debajo del punto de congelación; que estaba vestido apenas con sus pantuflas, su bata y su gorro de dormir; y que estaba resfriado en ese momento. El apretón, aunque suave como

woman's hand, was not to be resisted. He rose: but finding that the Spirit made towards the window, clasped his robe in supplication.

"I am a mortal," Scrooge remonstrated, "and liable to fall."

"Bear but a touch of my hand there," said the Spirit, laying it upon his heart, "and you shall be upheld in more than this!"

As the words were spoken, they passed through the wall, and stood upon an open country road, with fields on either hand. The city had entirely vanished. Not a vestige of it was to be seen. The darkness and the mist had vanished with it, for it was a clear, cold, winter day, with snow upon the ground.

"Good Heaven!" said Scrooge, clasping his hands together, as he looked about him. "I was bred in this place. I was a boy here!"

The Spirit gazed upon him mildly. Its gentle touch, though it had been light and instantaneous, appeared still present to the old man's sense of feeling. He was conscious of a thousand odours floating in the air, each one connected with a thousand thoughts, and hopes, and joys, and cares long, long, forgotten!

"Your lip is trembling," said the Ghost. "And what is that upon your cheek?"

Scrooge muttered, with an unusual catching in his voice, that it was a pimple; and begged the Ghost to lead him where he would.

"You recollect the way?" inquired the Spirit.

"Remember it!" cried Scrooge with fervour; "I could walk it blind-fold."

"Strange to have forgotten it for so many years!" observed the Ghost. "Let us go on."

They walked along the road, Scrooge recognising every gate, and post, and tree; until a little market-town appeared in the distance,

la mano de una mujer, no podía resistirse. Él se levantó: pero al ver que el Espíritu se dirigía hacia la ventana, se abrazó a su túnica en señal de súplica.

«Soy un mortal», replicó Scrooge, «y puedo caer».

«¡Sólo soporta un toque de mi mano ahí», dijo el Espíritu, poniéndola en su corazón, «y serás sostenido en más que esto!».

Mientras decían estas palabras, atravesaron el muro y se encontraron en un camino abierto, con campos a ambos lados. La ciudad había desaparecido por completo. No se veía ni un vestigio de ella. La oscuridad y la niebla se habían desvanecido con ella, pues era un día claro y frío de invierno, con nieve sobre el suelo.

«¡Santo cielo!», dijo Scrooge, juntando las manos, mientras miraba a su alrededor. «Me crié en este lugar. Fui niño aquí».

El Espíritu lo miró suavemente. Su suave toque, aunque había sido ligero e instantáneo, parecía aún presente en los sentimientos del hombre mayor. Él era consciente de mil olores que flotaban en el aire, cada uno de ellos relacionado con mil pensamientos, esperanzas, alegrías y preocupaciones largamente olvidadas.

«Tu labio está temblando», dijo el Fantasma. «¿Y qué es eso que tienes en la mejilla?».

Scrooge murmuró, con un inusual tono de voz, que se trataba de un grano; y rogó al Fantasma que lo llevara a donde quisiera.

«¿Recuerdas el camino?», preguntó el Espíritu.

«¡Recordarlo!», gritó Scrooge con fervor; «podría recorrerlo con los ojos vendados».

«¡Extraño haberlo olvidado durante tantos años!», observó el Fantasma. «Sigamos».

Caminaron a lo largo de la calle y Scrooge reconoció cada puerta, cada poste y cada árbol, hasta que apareció a lo lejos una pequeña ciu-

with its bridge, its church, and winding river. Some shaggy ponies now were seen trotting towards them with boys upon their backs, who called to other boys in country gigs and carts, driven by farmers. All these boys were in great spirits, and shouted to each other, until the broad fields were so full of merry music, that the crisp air laughed to hear it!

"These are but shadows of the things that have been," said the Ghost. "They have no consciousness of us."

The jocund travellers came on; and as they came, Scrooge knew and named them every one. Why was he rejoiced beyond all bounds to see them! Why did his cold eye glisten, and his heart leap up as they went past! Why was he filled with gladness when he heard them give each other Merry Christmas, as they parted at cross-roads and bye-ways, for their several homes! What was merry Christmas to Scrooge? Out upon merry Christmas! What good had it ever done to him?

"The school is not quite deserted," said the Ghost. "A solitary child, neglected by his friends, is left there still."

Scrooge said he knew it. And he sobbed.

They left the high-road, by a well-remembered lane, and soon approached a mansion of dull red brick, with a little weathercock-surmounted cupola, on the roof, and a bell hanging in it. It was a large house, but one of broken fortunes; for the spacious offices were little used, their walls were damp and mossy, their windows broken, and their gates decayed. Fowls clucked and strutted in the stables; and the coach-houses and sheds were over-run with grass. Nor was it more retentive of its ancient state, within; for entering the dreary hall, and glancing through the open doors of many rooms, they found them poorly furnished, cold, and vast. There was an earthy savour in the air, a chilly bareness in the place, which associated itself somehow with too much getting up by candle-light, and not too much to eat.

They went, the Ghost and Scrooge, across the hall, to a door at the

dad-mercado, con su puente, su iglesia y su sinuoso río. Ahora se veían algunos ponis desgreñados trotando hacia ellos, con muchachos sobre sus lomos, que llamaban a otros muchachos en carros y carretas del campo, conducidos por granjeros. Todos estos muchachos estaban muy animados, y se gritaban unos a otros, hasta que los vastos campos estaban tan llenos de alegre música, que el aire crujiente reía al oírla.

«Estas no son más que sombras de las cosas que han sido», dijo el Fantasma. «No tienen conciencia de nosotros».

Los jocundos viajeros se acercaban; y a medida que iban llegando, Scrooge los conocía y los nombraba a todos. ¿Por qué se alegró tanto de verlos? ¿Por qué le brillaban los ojos fríos y se le aceleraba el corazón cuando pasaban? ¿Por qué se llenó de alegría cuando les oyó desearse mutuamente Feliz Navidad, mientras se separaban en los cruces y en los caminos de ronda, para dirigirse a sus diferentes hogares? ¿Qué era una Feliz Navidad para Scrooge? ¡Fuera con la Feliz Navidad! ¿De qué le había servido?

«La escuela no está del todo vacía», dijo el Fantasma. «Un niño solitario, abandonado por sus amigos, se queda allí todavía».

Scrooge dijo que lo sabía. Y sollozó.

Abandonaron la calle principal, por una callejuela bien recordada, y pronto se acercaron a una mansión de aburrido ladrillo rojo, con una pequeña cúpula montada y una veleta, en el tejado, y una campana colgada en ella. Era una casa grande, pero de fortuna interrumpida, pues las amplias oficinas se utilizaban poco, sus paredes estaban húmedas y cubiertas de musgo, sus ventanas rotas y sus puertas deterioradas. Las gallinas cacareaban y se pavoneaban en los establos y las cocheras y cobertizos estaban llenos de hierba. Tampoco en el interior se conservaba más su antiguo estado, pues al entrar en el lúgubre vestíbulo y echar un vistazo a través de las puertas abiertas de muchas habitaciones, las encontraron mal amuebladas, frías y vastas. El aire tenía un sabor terroso, una fría desnudez, que se asociaba de algún modo con el hecho de haberse levantado demasiado a la luz de las velas y no haber comido demasiado.

El Fantasma y Scrooge cruzaron el vestíbulo hasta llegar a una puerta

back of the house. It opened before them, and disclosed a long, bare, melancholy room, made barer still by lines of plain deal forms and desks. At one of these a lonely boy was reading near a feeble fire; and Scrooge sat down upon a form, and wept to see his poor forgotten self as he used to be.

Not a latent echo in the house, not a squeak and scuffle from the mice behind the panelling, not a drip from the half-thawed water-spout in the dull yard behind, not a sigh among the leafless boughs of one despondent poplar, not the idle swinging of an empty store-house door, no, not a clicking in the fire, but fell upon the heart of Scrooge with a softening influence, and gave a freer passage to his tears.

The Spirit touched him on the arm, and pointed to his younger self, intent upon his reading. Suddenly a man, in foreign garments: wonderfully real and distinct to look at: stood outside the window, with an axe stuck in his belt, and leading by the bridle an ass laden with wood.

"Why, it's Ali Baba!" Scrooge exclaimed in ecstasy. "It's dear old honest Ali Baba! Yes, yes, I know! One Christmas time, when yonder solitary child was left here all alone, he did come, for the first time, just like that. Poor boy! And Valentine," said Scrooge, "and his wild brother, Orson; there they go! And what's his name, who was put down in his drawers, asleep, at the Gate of Damascus; don't you see him! And the Sultan's Groom turned upside down by the Genii; there he is upon his head! Serve him right. I'm glad of it. What business had he to be married to the Princess!"

To hear Scrooge expending all the earnestness of his nature on such subjects, in a most extraordinary voice between laughing and crying; and to see his heightened and excited face; would have been a surprise to his business friends in the city, indeed.

"There's the Parrot!" cried Scrooge. "Green body and yellow tail, with a thing like a lettuce growing out of the top of his head; there he is! Poor Robin Crusoe, he called him, when he came home again after sailing round the island. 'Poor Robin Crusoe, where have you been, Robin Crusoe?' The man thought he was dreaming, but he wasn't. It

situada en el fondo de la casa. Se abrió ante ellos y dejó al descubierto una larga, desnuda y melancólica habitación, aún más desnuda por las filas de simples formularios y escritorios. En uno de ellos, un muchacho solitario leía cerca de un débil fuego; y Scrooge se sentó frente a un pupitre, y lloró al ver a su pobre y olvidado yo, tal como solía ser.

Ni un eco latente en la casa, ni un chillido y un chasquido de los ratones detrás de los paneles, ni un goteo del chorro de agua semicongelado en el aburrido patio de atrás, ni un suspiro entre las ramas sin hojas de un álamo abatido, ni el ocioso balanceo de la puerta vacía de un almacén, no, ni un chasquido en el fuego, sino que cayó sobre el corazón de Scrooge con una influencia suavizante, y dio un poco más de libertad a sus lágrimas.

El Espíritu le tocó en el brazo y le señaló a su yo más joven, atento a su lectura. De repente, un hombre, con ropas extrañas, maravillosamente real y distinguido al mirar, estaba de pie fuera de la ventana, con un hacha enganchada en su cinturón, conduciendo por la brida un asno cargado de leña.

«¡Vaya, es Alí Babá!», exclamó Scrooge en éxtasis. «¡Es el querido y honesto Alí Babá! Sí, sí, lo sé. Una Navidad, cuando aquel niño solitario se quedó aquí solo, vino, por primera vez, así. ¡Pobre chico! Y Valentine», dijo Scrooge, «y su salvaje hermano, Orson; ¡allí van! Y cómo se llama, al que pusieron en sus cajones, dormido, en la Puerta de Damasco; ¡no lo ven! Y el Novio del Sultán puesto patas arriba por los Genios; ¡ahí está sobre su cabeza! Que le sirva de algo. Me alegro de ello. ¡Qué interés tenía en casarse con la princesa!».

Oír a Scrooge gastar toda la seriedad de su naturaleza en tales temas, con una voz extraordinaria entre la risa y el llanto; y ver su rostro exaltado y excitado; habría sido una sorpresa para sus amigos de negocios en la ciudad, ciertamente.

«¡Ahí está el loro!», gritó Scrooge. «Cuerpo verde y cola amarilla, con una cosa como una lechuga que le sale de la parte superior de la cabeza; ¡ahí está! Pobre Robin Crusoe, así lo llamaba, cuando volvió a casa después de navegar alrededor de la isla. «Pobre Robin Crusoe, ¿dónde has estado, Robin Crusoe? El hombre pensó que estaba soñando, pero no

was the Parrot, you know. There goes Friday, running for his life to the little creek! Halloa! Hoop! Halloo!"

Then, with a rapidity of transition very foreign to his usual character, he said, in pity for his former self, "Poor boy!" and cried again.

"I wish," Scrooge muttered, putting his hand in his pocket, and looking about him, after drying his eyes with his cuff: "but it's too late now."

"What is the matter?" asked the Spirit.

"Nothing," said Scrooge. "Nothing. There was a boy singing a Christmas Carol at my door last night. I should like to have given him something: that's all."

The Ghost smiled thoughtfully, and waved its hand: saying as it did so, "Let us see another Christmas!"

Scrooge's former self grew larger at the words, and the room became a little darker and more dirty. The panels shrunk, the windows cracked; fragments of plaster fell out of the ceiling, and the naked laths were shown instead; but how all this was brought about, Scrooge knew no more than you do. He only knew that it was quite correct; that everything had happened so; that there he was, alone again, when all the other boys had gone home for the jolly holidays.

He was not reading now, but walking up and down despairingly. Scrooge looked at the Ghost, and with a mournful shaking of his head, glanced anxiously towards the door.

It opened; and a little girl, much younger than the boy, came darting in, and putting her arms about his neck, and often kissing him, addressed him as her "Dear, dear brother."

"I have come to bring you home, dear brother!" said the child, clapping her tiny hands, and bending down to laugh. "To bring you home, home, home!"

era así. Era el Loro, ya saben. ¡Ahí va Viernes, corriendo para salvar su vida hacia el pequeño arroyo! ¡Vaya! ¡Vaya! ¡Vaya!».

Luego, con una rapidez de transición muy ajena a su carácter habitual, dijo, compadecido de su antiguo ser: «¡Pobrecito!», y volvió a llorar.

«Ya me gustaría», murmuró Scrooge, metiendo la mano en el bolsillo y mirando a su alrededor, después de secarse los ojos con el puño: «pero es demasiado tarde».

«¿Qué ocurre?», preguntó el Espíritu.

«Nada», dijo Scrooge. «Nada. Anoche hubo un niño cantando un cuento de Navidad en mi puerta. Me gustaría haberle dado algo: eso es todo».

El Fantasma sonrió pensativo y agitó la mano diciendo al hacerlo: «¡Veamos otra Navidad!».

El antiguo ser de Scrooge se agrandó con las palabras, y la habitación se volvió un poco más oscura y sucia. Los paneles se encogieron, las ventanas se agrietaron; fragmentos de yeso se desprendieron del techo, y en su lugar se mostraron los listones desnudos; pero cómo se produjo todo esto, Scrooge no lo sabía más que tú. Sólo sabía que era completamente correcto; que todo había sucedido así; que allí estaba, solo de nuevo, cuando todos los demás chicos se habían ido a casa para las alegres vacaciones.

Esta vez no estaba leyendo, sino caminando de un lado a otro con desesperación. Scrooge miró al Fantasma, y con un lúgubre movimiento de cabeza, miró ansiosamente hacia la puerta.

Se abrió, y una niña, mucho más joven que el muchacho, entró corriendo, y echándole los brazos al cuello, y besándole a menudo, se dirigió a él como su «querido, querido hermano».

«¡He venido a llevarte a casa, querido hermano!», dijo la niña, aplaudiendo con sus pequeñas manos, e inclinándose para reír. «¡Para llevarte a casa, a casa, a casa!».

"Home, little Fan?" returned the boy.

"Yes!" said the child, brimful of glee. "Home, for good and all. Home, for ever and ever. Father is so much kinder than he used to be, that home's like Heaven! He spoke so gently to me one dear night when I was going to bed, that I was not afraid to ask him once more if you might come home; and he said Yes, you should; and sent me in a coach to bring you. And you're to be a man!" said the child, opening her eyes, "and are never to come back here; but first, we're to be together all the Christmas long, and have the merriest time in all the world."

"You are quite a woman, little Fan!" exclaimed the boy.

She clapped her hands and laughed, and tried to touch his head; but being too little, laughed again, and stood on tiptoe to embrace him. Then she began to drag him, in her childish eagerness, towards the door; and he, nothing loth to go, accompanied her.

A terrible voice in the hall cried, "Bring down Master Scrooge's box, there!" and in the hall appeared the schoolmaster himself, who glared on Master Scrooge with a ferocious condescension, and threw him into a dreadful state of mind by shaking hands with him. He then conveyed him and his sister into the veriest old well of a shivering best-parlour that ever was seen, where the maps upon the wall, and the celestial and terrestrial globes in the windows, were waxy with cold. Here he produced a decanter of curiously light wine, and a block of curiously heavy cake, and administered instalments of those dainties to the young people: at the same time, sending out a meagre servant to offer a glass of "something" to the postboy, who answered that he thanked the gentleman, but if it was the same tap as he had tasted before, he had rather not. Master Scrooge's trunk being by this time tied on to the top of the chaise, the children bade the schoolmaster good-bye right willingly; and getting into it, drove gaily down the garden-sweep: the quick wheels dashing the hoar-frost and snow from off the dark leaves of the evergreens like spray.

"Always a delicate creature, whom a breath might have withered," said the Ghost. "But she had a large heart!"

«¿A casa, pequeña Fan?», respondió el chico.

«¡Sí!», dijo la niña, llena de alegría. «A casa, para siempre y todo lo demás. En casa, por siempre y para siempre. Papá está mucho más amable que antes, y su casa es como el Cielo. Una noche me habló con tanta dulzura cuando me iba a la cama que no tuve miedo de preguntarle una vez más si podías venir a casa; y me dijo que sí, que debías venir, y me envió en un coche para traerte. Y tú vas a ser un hombre», dijo la niña, abriendo los ojos, «y no vas a volver nunca más aquí; pero antes, vamos a estar juntos toda la Navidad, y a pasarlo lo mejor posible en el mundo».

«¡Eres toda una mujer, pequeña Fan!», exclamó el chico.

Ella dio una palmada y se rió, e intentó tocarle la cabeza; pero como era demasiado pequeña, volvió a reírse y se puso de puntillas para abrazarlo. Entonces empezó a arrastrarlo, en su afán infantil, hacia la puerta; y él, nada reacio a irse, la acompañó.

Una voz terrible gritó en el vestíbulo: «¡Bajen la caja de maese Scrooge!». Y en el vestíbulo apareció el propio director de la escuela, que miró a maese Scrooge con una feroz condescendencia, y le hizo entrar en un estado de ánimo espantoso al estrecharle la mano. Luego los condujo a él y a su hermana al más viejo reservorio de un tembloroso salón que jamás se haya visto, en el que los mapas de la pared y los globos celestes y terrestres de las ventanas estaban cubiertos de cera por el frío. Aquí sacó una jarra de vino curiosamente ligero, y un trozo de pastel curiosamente pesado, y administró raciones de esas delicias a los jóvenes: al mismo tiempo, envió a un exiguo sirviente para que ofreciera un vaso de «algo» al cartero, quien respondió que agradecía al caballero, pero que si era del mismo grifo que había probado antes, prefería no hacerlo. Como el baúl de maese Scrooge estaba ya atado a la parte superior de la carroza, los niños se despidieron del maestro de escuela de muy buena gana, y subiendo a ella se dirigieron alegremente hacia el jardín: las rápidas ruedas desprendían la escarcha y la nieve de las oscuras hojas de los árboles de hoja perenne como si fueran rociadas.

«Siempre una criatura delicada, a la que un soplo podría haber marchitado», dijo el Fantasma. «¡Pero ella tenía un gran corazón!».

"So she had," cried Scrooge. "You're right. I will not gainsay it, Spirit. God forbid!"

"She died a woman," said the Ghost, "and had, as I think, children."

"One child," Scrooge returned.

"True," said the Ghost. "Your nephew!"

Scrooge seemed uneasy in his mind; and answered briefly, "Yes."

Although they had but that moment left the school behind them, they were now in the busy thoroughfares of a city, where shadowy passengers passed and repassed; where shadowy carts and coaches battled for the way, and all the strife and tumult of a real city were. It was made plain enough, by the dressing of the shops, that here too it was Christmas time again; but it was evening, and the streets were lighted up.

The Ghost stopped at a certain warehouse door, and asked Scrooge if he knew it.

"Know it!" said Scrooge. "Was I apprenticed here!"

They went in. At sight of an old gentleman in a Welsh wig, sitting behind such a high desk, that if he had been two inches taller he must have knocked his head against the ceiling, Scrooge cried in great excitement:

"Why, it's old Fezziwig! Bless his heart; it's Fezziwig alive again!"

Old Fezziwig laid down his pen, and looked up at the clock, which pointed to the hour of seven. He rubbed his hands; adjusted his capacious waistcoat; laughed all over himself, from his shoes to his organ of benevolence; and called out in a comfortable, oily, rich, fat, jovial voice:

"Yo ho, there! Ebenezer! Dick!"

«Así es», gritó Scrooge. «Tienes razón. No lo negaré, Espíritu. ¡Dios no lo quiera!».

«Murió siendo ya una mujer», dijo el Fantasma, «y tuvo, según creo, hijos».

«Un niño», respondió Scrooge.

«Cierto», dijo el Fantasma. «¡Tu sobrino!».

Scrooge parecía inquieto en su mente; y respondió brevemente: «Sí».

Aunque apenas habían dejado atrás la escuela se encontraban ahora en las concurridas calles de una ciudad, donde sombríos pasajeros pasaban y volvían a pasar; donde sombríos carros y carruajes se disputaban el paso, y donde existía toda la lucha y el tumulto de una verdadera ciudad. La vestimenta de las tiendas dejaba claro que aquí también era Navidad, pero era de noche y las calles estaban iluminadas.

El Fantasma se detuvo ante la puerta de cierto almacén y le preguntó a Scrooge si lo conocía.

«¡Conocerlo!», dijo Scrooge. «¡Fui aprendiz aquí!».

Entraron. Al ver a un anciano con peluca galesa, sentado detrás de un escritorio tan alto, que si hubiera sido cinco centímetros más alto se habría golpeado la cabeza contra el techo, Scrooge gritó con gran excitación:

«¡Vaya, es el viejo Fezziwig! Bendito sea; ¡es Fezziwig vivo de nuevo!».

El viejo Fezziwig dejó la pluma y miró el reloj, que señalaba las siete. Se frotó las manos; se ajustó su amplio chaleco; se rió por todas partes, desde los zapatos hasta su órgano de benevolencia; y gritó con una voz cómoda, aceitosa, rica, gorda y jovial:

«¡Hola! ¡Ebenezer! ¡Dick!».

Scrooge's former self, now grown a young man, came briskly in, accompanied by his fellow-'prentice.

"Dick Wilkins, to be sure!" said Scrooge to the Ghost. "Bless me, yes. There he is. He was very much attached to me, was Dick. Poor Dick! Dear, dear!"

"Yo ho, my boys!" said Fezziwig. "No more work to-night. Christmas Eve, Dick. Christmas, Ebenezer! Let's have the shutters up," cried old Fezziwig, with a sharp clap of his hands, "before a man can say Jack Robinson!"

You wouldn't believe how those two fellows went at it! They charged into the street with the shutters—one, two, three—had 'em up in their places—four, five, six—barred 'em and pinned 'em—seven, eight, nine—and came back before you could have got to twelve, panting like race-horses.

"Hilli-ho!" cried old Fezziwig, skipping down from the high desk, with wonderful agility. "Clear away, my lads, and let's have lots of room here! Hilli-ho, Dick! Chirrup, Ebenezer!"

Clear away! There was nothing they wouldn't have cleared away, or couldn't have cleared away, with old Fezziwig looking on. It was done in a minute. Every movable was packed off, as if it were dismissed from public life for evermore; the floor was swept and watered, the lamps were trimmed, fuel was heaped upon the fire; and the warehouse was as snug, and warm, and dry, and bright a ball-room, as you would desire to see upon a winter's night.

In came a fiddler with a music-book, and went up to the lofty desk, and made an orchestra of it, and tuned like fifty stomach-aches. In came Mrs. Fezziwig, one vast substantial smile. In came the three Miss Fezziwigs, beaming and lovable. In came the six young followers whose hearts they broke. In came all the young men and women employed in the business. In came the housemaid, with her cousin, the baker. In came the cook, with her brother's particular friend, the milkman. In came the boy from over the way, who was suspected of not having board enough from his master; trying to hide himself behind the girl from next door but one, who was proved to have had her

El antiguo Scrooge, ya convertido en un joven, entró con paso ligero, junto a su compañero aprendiz.

«¡Dick Wilkins, seguro!», dijo Scrooge al Fantasma. «Bendito sea, sí. Ahí está. Estaba muy apegado a mí, Dick. ¡Pobre Dick! Querido, querido!».

«¡Hola, mis muchachos!», dijo Fezziwig. «No hay más trabajo esta noche. Nochebuena, Dick. ¡Navidad, Ebenezer! Subamos las persianas», gritó el viejo Fezziwig, con una fuerte palmada, «¡antes de que un hombre pueda decir Jack Robinson!».

No te imaginas cómo se lanzaron esos dos tipos. Salieron a la calle con los postigos —uno, dos, tres—, los colocaron en su sitio —cuatro, cinco, seis—, los fijaron —siete, ocho, nueve— y volvieron antes de que tú pudieras llegar a contar doce, jadeando como caballos de carreras.

«¡Hola!», gritó el viejo Fezziwig, bajando del alto escritorio, con una agilidad maravillosa. «¡Despejen, mis muchachos, y tengamos mucho espacio aquí! ¡Hola, Dick! ¡Alégrate, Ebenezer!».

¡Despejen! No había nada que no hubieran limpiado, o que no hubieran podido limpiar, con el viejo Fezziwig mirando. Se hacía en un minuto. Todos los muebles fueron recogidos, como si se hubieran retirado de la vida pública para siempre; se barrió y lavó el suelo, se recortaron las lámparas, se echó leña al fuego; y el almacén era un salón de baile tan acogedor, cálido, seco y luminoso como el que uno desearía ver en una noche de invierno.

Entró un violinista con un libro de música, y subió al elevado escritorio, e hizo una orquesta, y afinó como cincuenta dolores de estómago. Entró la señora Fezziwig, con una gran sonrisa. Entraron las tres señoritas Fezziwig, radiantes y adorables. Entraron los seis jóvenes admiradores a los que le rompieron el corazón. Entraron todos los jóvenes, hombres y mujeres, empleados en el negocio. Entró la criada, con su primo, el panadero. Entró la cocinera, con el amigo especial de su hermano, el lechero. Entró el chico de enfrente, del que se sospechaba que no obtenía suficiente comida de su amo; tratando de esconderse detrás de la chica de la otra puerta de al lado, a la que, se demostró, su ama le

ears pulled by her mistress. In they all came, one after another; some shyly, some boldly, some gracefully, some awkwardly, some pushing, some pulling; in they all came, anyhow and everyhow. Away they all went, twenty couple at once; hands half round and back again the other way; down the middle and up again; round and round in various stages of affectionate grouping; old top couple always turning up in the wrong place; new top couple starting off again, as soon as they got there; all top couples at last, and not a bottom one to help them! When this result was brought about, old Fezziwig, clapping his hands to stop the dance, cried out, "Well done!" and the fiddler plunged his hot face into a pot of porter, especially provided for that purpose. But scorning rest, upon his reappearance, he instantly began again, though there were no dancers yet, as if the other fiddler had been carried home, exhausted, on a shutter, and he were a bran-new man resolved to beat him out of sight, or perish.

There were more dances, and there were forfeits, and more dances, and there was cake, and there was negus, and there was a great piece of Cold Roast, and there was a great piece of Cold Boiled, and there were mince-pies, and plenty of beer. But the great effect of the evening came after the Roast and Boiled, when the fiddler (an artful dog, mind! The sort of man who knew his business better than you or I could have told it him!) struck up "Sir Roger de Coverley." Then old Fezziwig stood out to dance with Mrs. Fezziwig. Top couple, too; with a good stiff piece of work cut out for them; three or four and twenty pair of partners; people who were not to be trifled with; people who would dance, and had no notion of walking.

But if they had been twice as many—ah, four times—old Fezziwig would have been a match for them, and so would Mrs. Fezziwig. As to her, she was worthy to be his partner in every sense of the term. If that's not high praise, tell me higher, and I'll use it. A positive light appeared to issue from Fezziwig's calves. They shone in every part of the dance like moons. You couldn't have predicted, at any given time, what would have become of them next. And when old Fezziwig and Mrs. Fezziwig had gone all through the dance; advance and retire, both hands to your partner, bow and curtsey, corkscrew, thread-the-needle, and back again to your place; Fezziwig "cut"—cut so deftly, that he appeared to wink with his legs, and came upon his feet again without a stagger.

había tirado de las orejas. Todos entraron, uno tras otro; algunos con timidez, otros con valentía, otros con gracia, otros con torpeza, algunos empujando, otros tirando; todos entraron, de cualquier manera y de cualquier modo. Se fueron todos, veinte parejas a la vez; las manos a media vuelta y de nuevo hacia el otro lado; por el centro y de nuevo hacia arriba; vuelta y vuelta en varias etapas de agrupación afectuosa; la vieja pareja de arriba siempre apareciendo en el lugar equivocado; la nueva pareja de arriba comenzando de nuevo, tan pronto como llegaron; todas las parejas de arriba al final, ¡y ni una de abajo para ayudarlos! Cuando se produjo este resultado, el viejo Fezziwig, aplaudiendo para detener el baile, gritó «¡Bien hecho!», y el violinista sumergió su cara caliente en una olla de cerveza, especialmente provista para ese fin. Pero despreciando el descanso, al reaparecer, comenzó de nuevo al instante, aunque no había todavía bailarines, como si el otro violinista hubiera sido llevado a casa, exhausto, en un postigo, y él fuera un hombre nuevo, resuelto a perderlo de vista, o a perecer.

Hubo más bailes, y más bailes, y hubo torta, y hubo negus, y hubo un gran trozo de asado frío, y hubo un gran trozo de cocido frío, y hubo pasteles de carne, y mucha cerveza. Pero el gran efecto de la velada llegó después del asado y el cocido, cuando el violinista (¡un perro astuto, eso sí! El tipo de hombre que conocía su negocio mejor de lo que tú o yo podríamos haberle contado) tocó «Sir Roger de Coverley». Entonces el viejo Fezziwig salió a bailar con la señora Fezziwig. Una pareja de primera; con una buena pieza elegida para ellos; tres o cuatro y veinte parejas; gente con la que no se podía bromear; gente que bailaba y no tenía idea de caminar.

Pero si hubieran sido el doble —ah, cuatro veces—, el viejo Fezziwig habría estado a su altura, y también la señora Fezziwig. En cuanto a ella, era digna de ser su compañera en todo el sentido del término. Si eso no es un gran elogio, dime más y lo usaré. Una luz positiva parecía salir de las pantorrillas de Fezziwig. Brillaban en cada parte del baile como lunas. No se podía predecir, en ningún momento, qué sería de ellas a continuación. Y cuando el viejo Fezziwig y la señora Fezziwig habían realizado todo el baile; avanzar y retirarse, ambas manos a tu pareja, reverencia y reverencia, sacacorchos, enhebrar la aguja, y volver a tu lugar; Fezziwig «cortó»... cortó tan hábilmente, que parecía hacer un guiño con las piernas, y volvió a ponerse de pie sin tambalearse.

When the clock struck eleven, this domestic ball broke up. Mr. and Mrs. Fezziwig took their stations, one on either side of the door, and shaking hands with every person individually as he or she went out, wished him or her a Merry Christmas. When everybody had retired but the two 'prentices, they did the same to them; and thus the cheerful voices died away, and the lads were left to their beds; which were under a counter in the back-shop.

During the whole of this time, Scrooge had acted like a man out of his wits. His heart and soul were in the scene, and with his former self. He corroborated everything, remembered everything, enjoyed

Cuando el reloj dio las once, este baile doméstico se disolvió. El señor y la señora Fezziwig ocuparon sus puestos, uno a cada lado de la puerta, y estrechando la mano de cada persona al salir, le desearon una Feliz Navidad. Cuando todo el mundo se había retirado excepto los dos aprendices, hicieron lo mismo con ellos; y así las alegres voces se apagaron, y los muchachos se quedaron en sus camas, que estaban bajo un mostrador en la tienda de atrás.

Durante todo este tiempo, Scrooge había actuado como un hombre fuera de sí. Su corazón y su alma estaban en la escena, y con su antiguo yo. Todo lo corroboraba, todo lo recordaba, todo lo disfrutaba, y sufría la

everything, and underwent the strangest agitation. It was not until now, when the bright faces of his former self and Dick were turned from them, that he remembered the Ghost, and became conscious that it was looking full upon him, while the light upon its head burnt very clear.

"A small matter," said the Ghost, "to make these silly folks so full of gratitude."

"Small!" echoed Scrooge.

The Spirit signed to him to listen to the two apprentices, who were pouring out their hearts in praise of Fezziwig: and when he had done so, said,

"Why! Is it not? He has spent but a few pounds of your mortal money: three or four perhaps. Is that so much that he deserves this praise?"

"It isn't that," said Scrooge, heated by the remark, and speaking unconsciously like his former, not his latter, self. "It isn't that, Spirit. He has the power to render us happy or unhappy; to make our service light or burdensome; a pleasure or a toil. Say that his power lies in words and looks; in things so slight and insignificant that it is impossible to add and count 'em up: what then? The happiness he gives, is quite as great as if it cost a fortune."

He felt the Spirit's glance, and stopped.

"What is the matter?" asked the Ghost.

"Nothing particular," said Scrooge.

"Something, I think?" the Ghost insisted.

"No," said Scrooge, "No. I should like to be able to say a word or two to my clerk just now. That's all."

His former self turned down the lamps as he gave utterance to the wish; and Scrooge and the Ghost again stood side by side in the open air.

más extraña agitación. No fue hasta ahora, cuando los rostros brillantes de su antiguo yo y de Dick se apartaron de ellos, que recordó al Fantasma, y fue consciente de que le miraba de lleno, mientras la luz sobre su cabeza ardía muy claramente.

«Un asunto menor», dijo el Fantasma, «para que estos tontos estén tan llenos de gratitud».

«¡Menor!», hizo eco Scrooge.

El Espíritu le hizo señas para que escuchara a los dos aprendices, que se deshacían en elogios hacia Fezziwig; y cuando lo hubo hecho, dijo

«¡Vaya! ¿No es así? No ha gastado más que unas pocas libras de su dinero mortal: tres o cuatro quizás. ¿Es eso tanto como para merecer estos elogios?».

«No es eso», dijo Scrooge, acalorado por el comentario, y hablando inconscientemente como su antiguo, no su último yo. «No es eso, Espíritu. Él tiene el poder de hacernos felices o infelices; de hacer que nuestro servicio sea ligero o pesado; un placer o un trabajo. Digamos que su poder reside en las palabras y en las miradas; en cosas tan leves e insignificantes que es imposible sumarlas y contarlas: ¿entonces qué? La felicidad que da, es tan grande como si costara una fortuna».

Sintió la mirada del Espíritu y se detuvo.

«¿Qué ocurre?», preguntó el Fantasma.

«Nada en particular», dijo Scrooge.

«Algo pasa, creo», insistió el Fantasma.

«No», dijo Scrooge, «No. Me gustaría poder decir una o dos palabras a mi empleado ahora mismo. Eso es todo».

Su antiguo yo apagó las lámparas mientras pronunciaba el deseo; y Scrooge y el Fantasma volvieron a estar uno al lado del otro al aire libre.

"My time grows short," observed the Spirit. "Quick!"

This was not addressed to Scrooge, or to any one whom he could see, but it produced an immediate effect. For again Scrooge saw himself. He was older now; a man in the prime of life. His face had not the harsh and rigid lines of later years; but it had begun to wear the signs of care and avarice. There was an eager, greedy, restless motion in the eye, which showed the passion that had taken root, and where the shadow of the growing tree would fall.

He was not alone, but sat by the side of a fair young girl in a mourning-dress: in whose eyes there were tears, which sparkled in the light that shone out of the Ghost of Christmas Past.

"It matters little," she said, softly. "To you, very little. Another idol has displaced me; and if it can cheer and comfort you in time to come, as I would have tried to do, I have no just cause to grieve."

"What Idol has displaced you?" he rejoined.

"A golden one."

"This is the even-handed dealing of the world!" he said. "There is nothing on which it is so hard as poverty; and there is nothing it professes to condemn with such severity as the pursuit of wealth!"

"You fear the world too much," she answered, gently. "All your other hopes have merged into the hope of being beyond the chance of its sordid reproach. I have seen your nobler aspirations fall off one by one, until the master-passion, Gain, engrosses you. Have I not?"

"What then?" he retorted. "Even if I have grown so much wiser, what then? I am not changed towards you."

She shook her head.

"Am I?"

«Mi tiempo se acaba», observó el Espíritu. «¡Rápido!».

Esto no estaba dirigido a Scrooge, ni a nadie a quien pudiera ver, pero produjo un efecto inmediato. Porque de nuevo Scrooge se vio a sí mismo. Ahora era mayor, un hombre en la flor de la vida. Su rostro no tenía las líneas duras y rígidas de los últimos años, pero había empezado a mostrar los signos de la preocupación y la avaricia. Había un movimiento ansioso, codicioso e inquieto en los ojos, que mostraba la pasión que había echado raíces, y dónde caería la sombra del árbol en crecimiento.

No estaba solo, sino que estaba sentado al lado de una hermosa joven vestida de luto, en cuyos ojos había lágrimas, que brillaban a la luz del Fantasma de las Navidades Pasadas.

«Importa poco», dijo ella, en voz baja. «Para ti, muy poco. Otro ídolo me ha desplazado; y si puede alegrarte y reconfortarte en el futuro, como yo habría intentado hacer, no tengo ningún motivo justo para afligirme».

«¿Qué ídolo te ha desplazado?», replicó él.

«Uno de oro».

«¡Este es el trato ecuánime del mundo!», dijo él. «¡No hay nada con lo que sea tan duro como la pobreza; y no hay nada que profese condenar con tanta severidad como la búsqueda de la riqueza!».

«Temes demasiado al mundo», respondió ella, con suavidad. «Todas tus otras esperanzas se han fundido en la esperanza de estar más allá de la posibilidad de su sórdido reproche. He visto tus aspiraciones más nobles caer una a una, hasta que la pasión maestra, la Ganancia, te ha absorbido. ¿No es así?».

«¿Y entonces qué?», replicó él. «Aunque me haya vuelto mucho más sabio, ¿entonces qué? No he cambiado para ti».

Ella negó con la cabeza.

«¿Lo he hecho?».

"Our contract is an old one. It was made when we were both poor and content to be so, until, in good season, we could improve our worldly fortune by our patient industry. You are changed. When it was made, you were another man."

"I was a boy," he said impatiently.

"Your own feeling tells you that you were not what you are," she returned. "I am. That which promised happiness when we were one in heart, is fraught with misery now that we are two. How often and how keenly I have thought of this, I will not say. It is enough that I have thought of it, and can release you."

"Have I ever sought release?"

"In words. No. Never."

"In what, then?"

"In a changed nature; in an altered spirit; in another atmosphere of life; another Hope as its great end. In everything that made my love of any worth or value in your sight. If this had never been between us," said the girl, looking mildly, but with steadiness, upon him; "tell me, would you seek me out and try to win me now? Ah, no!"

He seemed to yield to the justice of this supposition, in spite of himself. But he said with a struggle, "You think not."

"I would gladly think otherwise if I could," she answered, "Heaven knows! When I have learned a Truth like this, I know how strong and irresistible it must be. But if you were free to-day, to-morrow, yesterday, can even I believe that you would choose a dowerless girl—you who, in your very confidence with her, weigh everything by Gain: or, choosing her, if for a moment you were false enough to your one guiding principle to do so, do I not know that your repentance and regret would surely follow? I do; and I release you. With a full heart, for the love of him you once were."

He was about to speak; but with her head turned from him, she resumed.

«Nuestro contrato es antiguo. Se hizo cuando los dos éramos pobres y nos conformábamos con serlo, hasta que, en buena época, pudiéramos mejorar nuestra fortuna mundana con nuestra paciente industria. Tú has cambiado. Cuando el contrato se hizo, eras otro hombre».

«Yo era un niño», dijo él con impaciencia.

«Tu propio sentimiento te dice que no eras lo que eres», respondió ella. «Sí lo soy. Lo que prometía felicidad cuando éramos un solo corazón, está cargado de miseria ahora que somos dos. No voy a decir cuántas veces y con cuánta intensidad he pensado en esto. Basta con que lo haya pensado y pueda liberarte».

«¿He buscado alguna vez la liberación?».

«Con palabras. No. Nunca».

«¿Con qué, entonces?».

«Con una naturaleza cambiada; con un espíritu alterado; con otra atmósfera de vida; otra esperanza como su gran fin. Con todo lo que hizo que mi amor tuviera algún valor a tus ojos. Si esto no hubiera existido nunca entre nosotros», dijo la muchacha, mirándole suavemente, pero con firmeza, «dime, ¿me buscarías y tratarías de conquistarme ahora? Ah, no».

Pareció ceder a la justicia de esta suposición, a pesar de sí mismo. Pero dijo con un forcejeo «Tú crees que no».

«Con gusto pensaría lo contrario si pudiera», respondió ella, «¡el Cielo lo sabe! Cuando he aprendido una verdad como ésta, sé lo fuerte e irresistible que debe ser. Pero si fueras libre hoy, mañana o ayer, ¿puedo creer que elegirías a una muchacha sin dote, tú que, en tu misma confianza con ella, lo sopesas todo por ganancia; o, eligiéndola, si por un momento fueras lo bastante falso a tu único principio rector como para hacerlo, no sé que tu arrepentimiento y tu pesar vendrían seguramente después? Lo sé; y te libero. Con el corazón lleno, por el amor que una vez fuiste».

Él estaba a punto de hablar; pero con la cabeza vuelta hacia él, ella reanudó.

"You may—the memory of what is past half makes me hope you will—have pain in this. A very, very brief time, and you will dismiss the recollection of it, gladly, as an unprofitable dream, from which it happened well that you awoke. May you be happy in the life you have chosen!"

She left him, and they parted.

"Spirit!" said Scrooge, "show me no more! Conduct me home. Why do you delight to torture me?"

"One shadow more!" exclaimed the Ghost.

"No more!" cried Scrooge. "No more. I don't wish to see it. Show me no more!"

But the relentless Ghost pinioned him in both his arms, and forced him to observe what happened next.

They were in another scene and place; a room, not very large or handsome, but full of comfort. Near to the winter fire sat a beautiful young girl, so like that last that Scrooge believed it was the same, until he saw her, now a comely matron, sitting opposite her daughter. The noise in this room was perfectly tumultuous, for there were more children there, than Scrooge in his agitated state of mind could count; and, unlike the celebrated herd in the poem, they were not forty children conducting themselves like one, but every child was conducting itself like forty. The consequences were uproarious beyond belief; but no one seemed to care; on the contrary, the mother and daughter laughed heartily, and enjoyed it very much; and the latter, soon beginning to mingle in the sports, got pillaged by the young brigands most ruthlessly. What would I not have given to be one of them! Though I never could have been so rude, no, no! I wouldn't for the wealth of all the world have crushed that braided hair, and torn it down; and for the precious little shoe, I wouldn't have plucked it off, God bless my soul! to save my life. As to measuring her waist in sport, as they did, bold young brood, I couldn't have done it; I should have expected my arm to have grown round it for a punishment, and never come straight again. And yet I should have dearly liked, I own, to have touched her lips; to have questioned her, that she might have opened

«Puede que —el recuerdo de lo que es medio pasado me hace esperar que así sea— sientas dolor por esto. Un tiempo muy, muy breve, y descartarás el recuerdo de ello, con gusto, como un sueño inútil, del que fue bueno que despertaras. Que seas feliz en la vida que has elegido».

Ella lo dejó y se separaron.

«¡Espíritu!», dijo Scrooge, «¡no me muestres más! Condúceme a casa. ¿Por qué te deleitas en torturarme?».

«¡Una sombra más!», exclamó el Fantasma.

«¡No más!», gritó Scrooge. «No más. No quiero verlo. No me muestres más».

Pero el implacable Fantasma le inmovilizó en ambos brazos y le obligó a observar lo que sucedía a continuación.

Estaban en otra escena y lugar; una habitación, no muy grande ni bonita, pero llena de comodidades. Cerca del fuego de invierno estaba sentada una hermosa joven, tan parecida a la anterior que Scrooge creyó que era la misma, hasta que la vio, ahora convertida en una atractiva matrona, sentada frente a su hija. El ruido en esta habitación era absolutamente tumultuoso, pues había allí más niños de los que Scrooge, en su agitado estado de ánimo, podía contar; y, a diferencia del célebre rebaño del poema, no eran cuarenta niños que se conducían como uno solo, sino que cada niño se conducía como cuarenta. Las consecuencias eran más escandalosas de lo que se cree; pero a nadie parecía importarle; al contrario, la madre y la hija se reían con ganas, y lo disfrutaban mucho; y esta última, que pronto empezó a mezclarse en los juegos, fue saqueada por los jóvenes bandidos de la manera más despiadada. ¡Qué no hubiera dado yo por ser uno de ellos! Aunque nunca hubiera podido ser tan grosero, ¡no, no! Por la riqueza de todo el mundo no habría aplastado ese pelo trenzado, ni lo habría arrancado; y en cuanto al precioso zapatito, no se lo habría arrancado, ¡Dios bendiga mi alma! para salvar mi vida. En cuanto a medirle la talla en el deporte, como lo hicieron ellos, joven y atrevida cría, no podría haberlo hecho; habría esperado que mi brazo creciera alrededor de ella como castigo, y que nunca volviera a enderezarse. Y, sin embargo, me hubiera gustado mucho, lo confieso, tocarle

them; to have looked upon the lashes of her downcast eyes, and never raised a blush; to have let loose waves of hair, an inch of which would be a keepsake beyond price: in short, I should have liked, I do confess, to have had the lightest licence of a child, and yet to have been man enough to know its value.

But now a knocking at the door was heard, and such a rush immediately ensued that she with laughing face and plundered dress was borne towards it the centre of a flushed and boisterous group, just in time to greet the father, who came home attended by a man laden with Christmas toys and presents. Then the shouting and the struggling, and the onslaught that was made on the defenceless porter! The scaling him with chairs for ladders to dive into his pockets, despoil him of brown-paper parcels, hold on tight by his cravat, hug him round his neck, pommel his back, and kick his legs in irrepressible affection! The shouts of wonder and delight with which the development of every package was received! The terrible announcement that the baby had been taken in the act of putting a doll's frying-pan into his mouth, and was more than suspected of having swallowed a fictitious turkey, glued on a wooden platter! The immense relief of finding this a false alarm! The joy, and gratitude, and ecstasy! They are all indescribable alike. It is enough that by degrees the children and their emotions got out of the parlour, and by one stair at a time, up to the top of the house; where they went to bed, and so subsided.

And now Scrooge looked on more attentively than ever, when the master of the house, having his daughter leaning fondly on him, sat down with her and her mother at his own fireside; and when he thought that such another creature, quite as graceful and as full of promise, might have called him father, and been a spring-time in the haggard winter of his life, his sight grew very dim indeed.

"Belle," said the husband, turning to his wife with a smile, "I saw an old friend of yours this afternoon."

"Who was it?"

"Guess!"

"How can I? Tut, don't I know?" she added in the same breath,

los labios; interpelarla para que los abriera; contemplar las pestañas de sus ojos abatidos, sin que se ruborizara; soltar unas ondas de cabello, una pulgada de las cuales sería un recuerdo sin precio: en resumen, me hubiera gustado, lo confieso, tener la más ligera licencia de un niño, y, sin embargo, ser lo suficientemente hombre para conocer su valor.

Pero ahora se oyeron unos golpes en la puerta, y de inmediato se produjo tal ajetreo que ella, con el rostro risueño y el vestido destrozado, fue llevada hacia el centro de un grupo sonrojado y bullicioso, justo a tiempo para saludar al padre, que llegaba a casa acompañado de un hombre cargado de juguetes y regalos de Navidad. ¡Y a continuación, los gritos y los forcejeos, y la embestida que se produjo sobre el indefenso portero! ¡El escalar con sillas a modo de escaleras para bucear en sus bolsillos, despojarle de paquetes de papel de estraza, agarrarle fuertemente por la corbata, abrazarle por el cuello, aporrearle la espalda y patearle las piernas en un afecto irreprimible! ¡Los gritos de asombro y deleite con que se recibía el desarrollo de cada paquete! ¡El terrible anuncio de que el bebé había sido cogido en el acto de meterse la sartén de una muñeca en la boca, y era más que sospechoso de haberse tragado un pavo ficticio, pegado en una bandeja de madera! ¡El inmenso alivio de comprobar que era una falsa alarma! La alegría, la gratitud y el éxtasis. Son todos indescriptibles por igual. Basta con que, poco a poco, los niños y sus emociones salieran del salón y, por una escalera, uno a la vez, subieran a la parte superior de la casa; allí se acostaron y se calmaron.

Y ahora Scrooge miraba con más atención que nunca, cuando el señor de la casa, teniendo a su hija apoyada cariñosamente en él, se sentaba con ella y su madre, junto a su propia chimenea; y cuando pensaba que aquella otra criatura, tan agraciada y tan llena de promesas, podría haberle llamado padre, y haber sido una primavera en el ojeroso invierno de su vida, su visión se oscureció sobremanera.

«Belle», dijo el marido, volviéndose hacia su mujer con una sonrisa, «he visto a un viejo amigo tuyo esta tarde».

«¿Quién era?».

«¡Adivina!».

«¿Cómo podría hacerlo? ¿Acaso no lo sé?», añadió ella en el mismo

laughing as he laughed. "Mr. Scrooge."

"Mr. Scrooge it was. I passed his office window; and as it was not shut up, and he had a candle inside, I could scarcely help seeing him. His partner lies upon the point of death, I hear; and there he sat alone. Quite alone in the world, I do believe."

"Spirit!" said Scrooge in a broken voice, "remove me from this place."

"I told you these were shadows of the things that have been," said the Ghost. "That they are what they are, do not blame me!"

momento, riendo mientras él reía. «El señor Scrooge».

«Era el señor Scrooge. Pasé por la ventana de su oficina, y como no estaba cerrada y tenía una vela dentro, no pude evitar verlo. Su compañero está a punto de morir, según he oído, y allí estaba sentado solo. Bastante solo en el mundo, creo».

«¡Espíritu!», dijo Scrooge con voz quebrada, «sácame de este lugar».

«Te dije que eran sombras de las cosas que han sido», dijo el Fantasma. «¡Que son lo que son, no me culpes!».

"Remove me!" Scrooge exclaimed, "I cannot bear it!"

He turned upon the Ghost, and seeing that it looked upon him with a face, in which in some strange way there were fragments of all the faces it had shown him, wrestled with it.

"Leave me! Take me back. Haunt me no longer!"

In the struggle, if that can be called a struggle in which the Ghost with no visible resistance on its own part was undisturbed by any effort of its adversary, Scrooge observed that its light was burning high and bright; and dimly connecting that with its influence over him, he seized the extinguisher-cap, and by a sudden action pressed it down upon its head.

The Spirit dropped beneath it, so that the extinguisher covered its whole form; but though Scrooge pressed it down with all his force, he could not hide the light: which streamed from under it, in an unbroken flood upon the ground.

He was conscious of being exhausted, and overcome by an irresistible drowsiness; and, further, of being in his own bedroom. He gave the cap a parting squeeze, in which his hand relaxed; and had barely time to reel to bed, before he sank into a heavy sleep.

«¡Sácame de aquí!», exclamó Scrooge, «¡no puedo soportarlo!».

Se volvió hacia el Fantasma, y viendo que le miraba con un rostro, en el que de alguna extraña manera había fragmentos de todos los rostros que le había mostrado, luchó con él.

«¡Déjame! Llévame de vuelta. ¡No me persigas más!».

En la lucha, si es que puede llamarse lucha a aquella en la que el Fantasma, sin resistencia visible por su parte, no fue perturbado por ningún esfuerzo de su adversario, Scrooge observó que su luz ardía alta y brillante; y conectando vagamente eso con su influencia sobre él, agarró la tapa del extintor, y con una acción repentina la presionó sobre su cabeza.

El Espíritu se dejó caer debajo de él, de modo que el extintor cubrió toda su forma; pero aunque Scrooge lo presionó con toda su fuerza, no pudo ocultar la luz: que brotó de debajo de él, en un torrente ininterrumpido sobre el suelo.

Era consciente de estar agotado y vencido por una irresistible somnolencia; y, además, de estar en su propia habitación. Le dio a la gorra un apretón de despedida, en el que su mano se relajó; y apenas tuvo tiempo de enrollarse en la cama, antes de sumirse en un pesado sueño.

STAVE THREE — THE SECOND OF THE THREE SPIRITS.

Awaking in the middle of a prodigiously tough snore, and sitting up in bed to get his thoughts together, Scrooge had no occasion to be told that the bell was again upon the stroke of One. He felt that he was restored to consciousness in the right nick of time, for the especial purpose of holding a conference with the second messenger despatched to him through Jacob Marley's intervention. But finding that he turned uncomfortably cold when he began to wonder which of his curtains this new spectre would draw back, he put them every one aside with his own hands; and lying down again, established a sharp look-out all round the bed. For he wished to challenge the Spirit on the moment of its appearance, and did not wish to be taken by surprise, and made nervous.

Gentlemen of the free-and-easy sort, who plume themselves on being acquainted with a move or two, and being usually equal to the time-of-day, express the wide range of their capacity for adventure by observing that they are good for anything from pitch-and-toss to manslaughter; between which opposite extremes, no doubt, there lies a tolerably wide and comprehensive range of subjects. Without venturing for Scrooge quite as hardily as this, I don't mind calling on you to believe that he was ready for a good broad field of strange appearances, and that nothing between a baby and rhinoceros would have astonished him very much.

Now, being prepared for almost anything, he was not by any means prepared for nothing; and, consequently, when the Bell struck One, and no shape appeared, he was taken with a violent fit of trembling. Five minutes, ten minutes, a quarter of an hour went by, yet nothing came. All this time, he lay upon his bed, the very core and centre of a blaze of ruddy light, which streamed upon it when the clock proclaimed the hour; and which, being only light, was more alarming than a dozen ghosts, as he was powerless to make out what it meant, or would be at; and was sometimes apprehensive that he might be at that very moment an interesting case of spontaneous combustion, without having the consolation of knowing it. At last, however, he began to think—as you or I would have thought at first; for it is always the person not in the predicament who knows what ought to have been done in it, and would unquestionably have done it too—at last, I

Al despertarse en medio de un ronquido prodigiosamente fuerte, y al sentarse en la cama para poner en orden sus pensamientos, Scrooge no tuvo ocasión de que le avisaran que la campana volvía a dar la una. Creyó que había recuperado la conciencia en el momento justo, con el propósito especial de mantener una conferencia con el segundo mensajero que se le había enviado gracias a la intervención de Jacob Marley. Pero como se sintió incómodamente frío cuando empezó a preguntarse cuál de sus cortinas correría este nuevo espectro, las apartó todas con sus propias manos; y acostándose de nuevo, estableció una vigilancia aguda alrededor de la cama. Porque deseaba desafiar al Espíritu en el momento de su aparición, y no quería que lo tomaran por sorpresa y lo pusieran nervioso.

Los caballeros independientes, que se jactan de conocer una o dos jugadas y de estar a la altura del momento, expresan la amplitud de su capacidad para la aventura diciendo que son buenos para cualquier cosa, desde el juego de pelota hasta el homicidio; entre estos extremos opuestos, sin duda, hay una gama de temas bastante amplia y completa. Sin aventurarme por Scrooge con tanta dureza, no me importa pedirte que creas que estaba preparado para un buen y amplio campo de apariciones extrañas, y que nada entre un bebé y un rinoceronte le habría asombrado mucho.

Ahora bien, estando preparado para casi todo, no estaba en absoluto preparado para nada; y, en consecuencia, cuando la campana dio la primera campanada y no apareció ninguna forma, le sobrevino un violento ataque de temblores. Pasaron cinco minutos, diez minutos, un cuarto de hora, pero no apareció nada. Durante todo este tiempo, permaneció tumbado en su cama, en el centro mismo de un resplandor de luz rojiza, que caía sobre él cuando el reloj proclamaba la hora; y que, siendo sólo luz, era más alarmante que una docena de fantasmas, ya que era incapaz de averiguar lo que significaba, o lo que sería; y a veces temía ser en aquel mismo momento un interesante caso de combustión espontánea, sin tener el consuelo de saberlo. Sin embargo, al final empezó a pensar —como tú o yo habríamos pensado al principio, pues siempre es la persona que no está en el aprieto la que sabe lo que debería haber hecho en ese caso, y sin duda lo habría hecho también—, al final, digo, empezó a

say, he began to think that the source and secret of this ghostly light might be in the adjoining room, from whence, on further tracing it, it seemed to shine. This idea taking full possession of his mind, he got up softly and shuffled in his slippers to the door.

The moment Scrooge's hand was on the lock, a strange voice called him by his name, and bade him enter. He obeyed.

It was his own room. There was no doubt about that. But it had undergone a surprising transformation. The walls and ceiling were so hung with living green, that it looked a perfect grove; from every part of which, bright gleaming berries glistened. The crisp leaves of holly, mistletoe, and ivy reflected back the light, as if so many little mirrors had been scattered there; and such a mighty blaze went roaring up the chimney, as that dull petrification of a hearth had never known in Scrooge's time, or Marley's, or for many and many a winter season gone. Heaped up on the floor, to form a kind of throne, were turkeys, geese, game, poultry, brawn, great joints of meat, sucking-pigs, long wreaths of sausages, mince-pies, plum-puddings, barrels of oysters, red-hot chestnuts, cherry-cheeked apples, juicy oranges, luscious pears, immense twelfth-cakes, and seething bowls of punch, that made the chamber dim with their delicious steam. In easy state upon this couch, there sat a jolly Giant, glorious to see; who bore a glowing torch, in shape not unlike Plenty's horn, and held it up, high up, to shed its light on Scrooge, as he came peeping round the door.

"Come in!" exclaimed the Ghost. "Come in! and know me better, man!"

Scrooge entered timidly, and hung his head before this Spirit. He was not the dogged Scrooge he had been; and though the Spirit's eyes were clear and kind, he did not like to meet them.

"I am the Ghost of Christmas Present," said the Spirit. "Look upon me!"

pensar que la fuente y el secreto de esta luz fantasmagórica podría estar en la habitación contigua, desde donde, al seguir rastreándola, parecía brillar. Al hacerse cargo de esta idea, se levantó suavemente y se dirigió a la puerta en pantuflas.

En el momento en que la mano de Scrooge estaba en la cerradura, una extraña voz le llamó por su nombre y le ordenó que entrara. Él obedeció.

Era su propia habitación. De eso no había duda. Pero había sufrido una sorprendente transformación. Las paredes y el techo estaban colgados de tal manera con el verde vivo, que parecía una arboleda perfecta; de cada parte de la cual, brillaban bayas relucientes. Las crujientes hojas del acebo, del muérdago y de la hiedra reflejaban la luz como si se hubieran esparcido por allí muchos espejos pequeños; y por la chimenea subía un fuego tan poderoso que la apagada petrificación del hogar no había sufrido nunca en los tiempos de Scrooge, ni en los de Marley, ni en muchas otras temporadas de invierno. Amontonados en el suelo, formando una especie de trono, había pavos, gansos, animales de caza, aves de corral, carne, cerdos lechales, largas coronas de salchichas, tartas de carne picada, budines de ciruela, barriles de ostras, castañas al rojo vivo, manzanas con cachete color cereza, naranjas jugosas, peras deliciosas, inmensos pasteles de reyes, y tazones de ponche hirviendo, que oscurecían la cámara con su delicioso vapor. En este sofá estaba sentado un alegre Gigante, glorioso a la vista, que llevaba una antorcha encendida, con una forma no muy diferente a la del cuerno de la Abundancia, y la sostenía en lo alto para iluminar a Scrooge, cuando éste se acercaba a espiar por la puerta.

«¡Entra!», exclamó el Fantasma. «¡Entra y conóceme mejor, hombre!».

Scrooge entró tímidamente y agachó la cabeza ante aquel Espíritu. Ya no era el obstinado Scrooge que había sido; y aunque los ojos del Espíritu eran claros y amables, no quería encontrarse con ellos.

«Soy el Fantasma de la Navidad Presente», dijo el Espíritu. «¡Mírame!».

Scrooge reverently did so. It was clothed in one simple green robe, or mantle, bordered with white fur. This garment hung so loosely on the figure, that its capacious breast was bare, as if disdaining to be warded or concealed by any artifice. Its feet, observable beneath the ample folds of the garment, were also bare; and on its head it wore no other covering than a holly wreath, set here and there with shining icicles. Its dark brown curls were long and free; free as its genial face,

Scrooge lo hizo con reverencia. Iba vestido con una simple túnica o manto verde, bordeado de pieles blancas. Esta prenda colgaba tan holgadamente sobre la figura, que su amplio pecho estaba desnudo, como si desdeñara ser protegido u ocultado por cualquier artificio. Sus pies, visibles bajo los amplios pliegues del vestido, también estaban desnudos; y en la cabeza no llevaba más cobertura que una corona de acebo, con carámbanos brillantes aquí y allá. Sus rizos castaños oscuros eran

its sparkling eye, its open hand, its cheery voice, its unconstrained demeanour, and its joyful air. Girded round its middle was an antique scabbard; but no sword was in it, and the ancient sheath was eaten up with rust.

"You have never seen the like of me before!" exclaimed the Spirit.

"Never," Scrooge made answer to it.

"Have never walked forth with the younger members of my family; meaning (for I am very young) my elder brothers born in these later years?" pursued the Phantom.

"I don't think I have," said Scrooge. "I am afraid I have not. Have you had many brothers, Spirit?"

"More than eighteen hundred," said the Ghost.

"A tremendous family to provide for!" muttered Scrooge.

The Ghost of Christmas Present rose.

"Spirit," said Scrooge submissively, "conduct me where you will. I went forth last night on compulsion, and I learnt a lesson which is working now. To-night, if you have aught to teach me, let me profit by it."

"Touch my robe!"

Scrooge did as he was told, and held it fast.

Holly, mistletoe, red berries, ivy, turkeys, geese, game, poultry, brawn, meat, pigs, sausages, oysters, pies, puddings, fruit, and punch, all vanished instantly. So did the room, the fire, the ruddy glow, the hour of night, and they stood in the city streets on Christmas morning, where (for the weather was severe) the people made a rough, but brisk and not unpleasant kind of music, in scraping the snow from the pavement in front of their dwellings, and from the tops of their houses, whence it was mad delight to the boys to see it come plumping down into the road below, and splitting into artificial

largos y libres; libres como su rostro genial, su ojo chispeante, su mano abierta, su voz alegre, su conducta desenfrenada y su aire jovial. En torno a su cintura había una antigua vaina; pero no había ninguna espada en ella, y la antigua vaina estaba carcomida por el óxido.

«¡Nunca has visto algo parecido a mí!», exclamó el Espíritu.

«Nunca», respondió Scrooge.

«¿Nunca has salido con los miembros más jóvenes de mi familia; es decir, porque soy muy joven, mis hermanos mayores nacidos en estos últimos años?», prosiguió el Fantasma.

«No creo que lo haya hecho», dijo Scrooge. «Me temo que no lo he hecho. ¿Has tenido muchos hermanos, Espíritu?».

«Más de mil ochocientos», dijo el Fantasma.

«¡Una tremenda familia que mantener!», murmuró Scrooge.

El Fantasma de la Navidad Presente se levantó.

«Espíritu», dijo sumisamente Scrooge, «condúceme a donde quieras. Anoche salí por obligación, y aprendí una lección que me sirve ahora. Esta noche, si tienes algo que enseñarme, déjame aprovecharlo».

«¡Toca mi túnica!».

Scrooge hizo lo que se le dijo, y lo mantuvo firme.

El acebo, el muérdago, las bayas rojas, la hiedra, los pavos, los gansos, la caza, las aves de corral, la carne, los cerdos, las salchichas, las ostras, las tartas, los pudines, la fruta y el ponche, todo desapareció al instante. Lo mismo ocurría con la habitación, el fuego, el resplandor rojizo, la hora de la noche, y estaban en las calles de la ciudad en la mañana de Navidad, donde (ya que el tiempo era severo) la gente producía un tipo de música áspera, pero enérgica y no desagradable, al raspar la nieve del pavimento frente a sus viviendas, y de las cimas de sus casas, desde donde era un deleite insensato para los muchachos ver cómo caía a la

little snow-storms.

The house fronts looked black enough, and the windows blacker, contrasting with the smooth white sheet of snow upon the roofs, and with the dirtier snow upon the ground; which last deposit had been ploughed up in deep furrows by the heavy wheels of carts and waggons; furrows that crossed and re-crossed each other hundreds of times where the great streets branched off; and made intricate channels, hard to trace in the thick yellow mud and icy water. The sky was gloomy, and the shortest streets were choked up with a dingy mist, half thawed, half frozen, whose heavier particles descended in a shower of sooty atoms, as if all the chimneys in Great Britain had, by one consent, caught fire, and were blazing away to their dear hearts' content. There was nothing very cheerful in the climate or the town, and yet was there an air of cheerfulness abroad that the clearest summer air and brightest summer sun might have endeavoured to diffuse in vain.

For, the people who were shovelling away on the housetops were jovial and full of glee; calling out to one another from the parapets, and now and then exchanging a facetious snowball—better-natured missile far than many a wordy jest—laughing heartily if it went right and not less heartily if it went wrong. The poulterers' shops were still half open, and the fruiterers' were radiant in their glory. There were great, round, pot-bellied baskets of chestnuts, shaped like the waistcoats of jolly old gentlemen, lolling at the doors, and tumbling out into the street in their apoplectic opulence. There were ruddy, brown-faced, broad-girthed Spanish Onions, shining in the fatness of their growth like Spanish Friars, and winking from their shelves in wanton slyness at the girls as they went by, and glanced demurely at the hung-up mistletoe. There were pears and apples, clustered high in blooming pyramids; there were bunches of grapes, made, in the shopkeepers' benevolence to dangle from conspicuous hooks, that people's mouths might water gratis as they passed; there were piles of filberts, mossy and brown, recalling, in their fragrance, ancient walks among the woods, and pleasant shufflings ankle deep through withered leaves; there were Norfolk Biffins, squat and swarthy, setting off the yellow of the oranges and lemons, and, in the great compactness of their juicy persons, urgently entreating and beseeching to be carried home in paper bags and eaten after dinner. The very

calle y se dividía en pequeñas tormentas artificiales de nieve.

Las fachadas de las casas se veían bastante negras, y las ventanas aún más, contrastando con la suave y blanca capa de nieve sobre los tejados, y con la nieve más sucia sobre el suelo, cuyo último depósito había sido arado en profundos surcos por las pesadas ruedas de los carros y carretas; surcos que se cruzaban y recruzaban cientos de veces donde se bifurcaban las grandes calles, y formaban intrincados canales, difíciles de rastrear en el espeso barro amarillo y el agua helada. El cielo estaba sombrío, y las calles más cortas estaban ahogadas por una niebla sucia, medio descongelada, medio congelada, cuyas partículas más pesadas descendían en una lluvia de átomos de hollín, como si todas las chimeneas de Gran Bretaña se hubieran incendiado de común acuerdo y estuvieran ardiendo a sus anchas. No había nada muy alegre en el clima ni en la ciudad, y sin embargo había un aire de alegría en el exterior que el aire más claro del verano y el sol más brillante del verano habrían intentado difundir en vano.

La gente que paleaba en las azoteas era jovial y estaba llena de alegría; se llamaban unos a otros desde los parapetos, y de vez en cuando intercambiaban una bola de nieve graciosa —un misil de mejor naturaleza que muchas bromas verbales—, riendo con ganas si salía bien y con no menos ganas si salía mal. Las tiendas de los polleros estaban todavía medio abiertas y las de los fruteros resplandecían en todo su esplendor. Había grandes cestas de castañas, redondas y panzudas, con la forma de los chalecos de los alegres ancianos, que se balanceaban en las puertas y salían a la calle en su apoplética opulencia. Había cebollas españolas, rubias, de cara morena y de anchos pechos, que brillaban en la gordura de su crecimiento como frailes españoles, y que guiñaban los ojos desde sus estantes, con una socarronería desenfadada, a las muchachas que pasaban y miraban recatadamente el muérdago colgado. Había peras y manzanas, amontonadas en pirámides florecidas; había racimos de uvas, que los tenderos hacían colgar de llamativos ganchos para que a la gente se le hiciera agua la boca al pasar; había montones de avellanas, musgosas y marrones, que recordaban, por su fragancia, antiguos paseos por el bosque y agradables paseos a través de las hojas marchitas; había Biffins de Norfolk, rechonchos y morenos, que hacían resaltar el amarillo de las naranjas y los limones, y que, en la gran densidad de sus jugosas personas, imploraban y suplicaban urgentemente que se los llevaran a casa en bolsas de papel y se los comieran después

gold and silver fish, set forth among these choice fruits in a bowl, though members of a dull and stagnant-blooded race, appeared to know that there was something going on; and, to a fish, went gasping round and round their little world in slow and passionless excitement.

The Grocers'! oh, the Grocers'! nearly closed, with perhaps two shutters down, or one; but through those gaps such glimpses! It was not alone that the scales descending on the counter made a merry sound, or that the twine and roller parted company so briskly, or that the canisters were rattled up and down like juggling tricks, or even that the blended scents of tea and coffee were so grateful to the nose, or even that the raisins were so plentiful and rare, the almonds so extremely white, the sticks of cinnamon so long and straight, the other spices so delicious, the candied fruits so caked and spotted with molten sugar as to make the coldest lookers-on feel faint and subsequently bilious. Nor was it that the figs were moist and pulpy, or that the French plums blushed in modest tartness from their highly-decorated boxes, or that everything was good to eat and in its Christmas dress; but the customers were all so hurried and so eager in the hopeful promise of the day, that they tumbled up against each other at the door, crashing their wicker baskets wildly, and left their purchases upon the counter, and came running back to fetch them, and committed hundreds of the like mistakes, in the best humour possible; while the Grocer and his people were so frank and fresh that the polished hearts with which they fastened their aprons behind might have been their own, worn outside for general inspection, and for Christmas daws to peck at if they chose.

But soon the steeples called good people all, to church and chapel, and away they came, flocking through the streets in their best clothes, and with their gayest faces. And at the same time there emerged from scores of bye-streets, lanes, and nameless turnings, innumerable people, carrying their dinners to the bakers' shops. The sight of these poor revellers appeared to interest the Spirit very much, for he stood with Scrooge beside him in a baker's doorway, and taking off the covers as their bearers passed, sprinkled incense on their dinners from his torch. And it was a very uncommon kind of

de la cena. Los mismos peces dorados y plateados, colocados entre estas frutas selectas en una pecera, aunque miembros de una raza aburrida y de sangre estancada, parecían saber que algo estaba ocurriendo; y, para un pez, daban vueltas y vueltas a su pequeño mundo en una excitación lenta y sin pasión.

¡La tienda de comestibles! ¡Oh, la tienda de comestibles! casi cerrada, con tal vez dos persianas bajadas, o una; pero a través de esos huecos, tales vislumbres! No era sólo que las balanzas que descendían sobre el mostrador hicieran un sonido alegre, o que el cordel y el rodillo se separaran con tanto brío, o que los botes se agitaran arriba y abajo como malabares, o incluso que los aromas mezclados de té y café fueran tan agradables al olfato, o incluso que las pasas fueran tan abundantes y escasas, las almendras tan extremadamente blancas, los palos de canela tan largos y rectos, las otras especias tan deliciosas, las frutas confitadas tan apelmazadas y manchadas de azúcar fundido como para hacer que el más frío de los mirones se sintiera desfallecer y, posteriormente, bilioso. Tampoco era que los higos estuvieran húmedos y pulposos, o que las ciruelas francesas se sonrojaran en su modesta acidez desde sus cajas altamente decoradas, o que todo fuera bueno para comer y estuviera en su traje de Navidad; pero los clientes estaban todos tan apurados y tan ansiosos en la esperanzadora promesa del día, que se revolcaban unos contra otros en la puerta, chocando sus cestas de mimbre salvajemente, y dejaban sus compras sobre el mostrador, y volvían corriendo a recogerlas, y cometían cientos de errores similares, con el mejor humor posible; mientras que el tendero y su gente eran tan francos y frescos que los pulidos corazones con los que se abrochaban los delantales por detrás podrían haber sido los suyos propios, llevados al exterior para la inspección general, y para que los cuervos navideños los picotearan si querían.

Pero pronto los campanarios llamaron a la buena gente a la iglesia y a la capilla, y salieron en tropel por las calles con sus mejores ropas y sus caras más alegres. Y al mismo tiempo surgieron de decenas de callejuelas, caminos y callejones sin nombre, innumerables personas que llevaban sus cenas a las panaderías. La visión de estos pobres juerguistas pareció interesar mucho al Espíritu, pues se situó con Scrooge a su lado en la puerta de una panadería, y quitando las mantas al paso de sus portadores, roció de incienso sus cenas con su antorcha. Y era un tipo de antorcha muy poco común, pues una o dos veces, cuando hubo pala-

torch, for once or twice when there were angry words between some dinner-carriers who had jostled each other, he shed a few drops of water on them from it, and their good humour was restored directly. For they said, it was a shame to quarrel upon Christmas Day. And so it was! God love it, so it was!

In time the bells ceased, and the bakers were shut up; and yet there was a genial shadowing forth of all these dinners and the progress of their cooking, in the thawed blotch of wet above each baker's oven; where the pavement smoked as if its stones were cooking too.

"Is there a peculiar flavour in what you sprinkle from your torch?" asked Scrooge.

"There is. My own."

"Would it apply to any kind of dinner on this day?" asked Scrooge.

"To any kindly given. To a poor one most."

"Why to a poor one most?" asked Scrooge.

"Because it needs it most."

"Spirit," said Scrooge, after a moment's thought, "I wonder you, of all the beings in the many worlds about us, should desire to cramp these people's opportunities of innocent enjoyment."

"I!" cried the Spirit.

"You would deprive them of their means of dining every seventh day, often the only day on which they can be said to dine at all," said Scrooge. "Wouldn't you?"

"I!" cried the Spirit.

"You seek to close these places on the Seventh Day?" said Scrooge. "And it comes to the same thing."

bras airadas entre algunos cargadores de la cena que se habían empujado unos a otros, derramó unas gotas de agua sobre ellos desde ella, y su buen humor se restableció inmediatamente. Porque decían que era una pena pelearse el día de Navidad. ¡Y así era! Dios así lo quiere. ¡Así era!

Con el tiempo, las campanas cesaron y los panaderos cerraron sus puertas; sin embargo, había una sombra genial de todas estas cenas y del progreso de su cocción, en la mancha de humedad descongelada sobre cada horno de panadería, donde el pavimento humeaba como si sus piedras también se estuvieran cocinando.

«¿Hay un sabor peculiar en lo que espolvoreas de tu antorcha?», preguntó Scrooge.

«Lo hay. El mío».

«¿Se aplica a cualquier tipo de cena en este día?», preguntó Scrooge.

«A cualquiera amablemente dada. A una pobre más».

«¿Por qué a una pobre más?», preguntó Scrooge.

«Porque es la que más lo necesita».

«Espíritu», dijo Scrooge, después de pensarlo un momento, «me sorprende que tú, de todos los seres de los muchos mundos que nos rodean, desees coartar las oportunidades de disfrute inocente de esta gente».

«¡Yo!», gritó el Espíritu.

«Tú les privarías de sus medios para cenar cada séptimo día, a menudo el único en el que se puede decir que cenan», dijo Scrooge. «¿No es así?».

«¡Yo!», gritó el Espíritu.

«¿Pretendes cerrar estos lugares en el séptimo día?», dijo Scrooge. «Y viene a ser lo mismo».

"I seek!" exclaimed the Spirit.

"Forgive me if I am wrong. It has been done in your name, or at least in that of your family," said Scrooge.

"There are some upon this earth of yours," returned the Spirit, "who lay claim to know us, and who do their deeds of passion, pride, ill-will, hatred, envy, bigotry, and selfishness in our name, who are as strange to us and all our kith and kin, as if they had never lived. Remember that, and charge their doings on themselves, not us."

Scrooge promised that he would; and they went on, invisible, as they had been before, into the suburbs of the town. It was a remarkable quality of the Ghost (which Scrooge had observed at the baker's), that notwithstanding his gigantic size, he could accommodate himself to any place with ease; and that he stood beneath a low roof quite as gracefully and like a supernatural creature, as it was possible he could have done in any lofty hall.

And perhaps it was the pleasure the good Spirit had in showing off this power of his, or else it was his own kind, generous, hearty nature, and his sympathy with all poor men, that led him straight to Scrooge's clerk's; for there he went, and took Scrooge with him, holding to his robe; and on the threshold of the door the Spirit smiled, and stopped to bless Bob Cratchit's dwelling with the sprinkling of his torch. Think of that! Bob had but fifteen "Bob" a-week himself; he pocketed on Saturdays but fifteen copies of his Christian name; and yet the Ghost of Christmas Present blessed his four-roomed house!

Then up rose Mrs. Cratchit, Cratchit's wife, dressed out but poorly in a twice-turned gown, but brave in ribbons, which are cheap and make a goodly show for sixpence; and she laid the cloth, assisted by Belinda Cratchit, second of her daughters, also brave in ribbons; while Master Peter Cratchit plunged a fork into the saucepan of potatoes, and getting the corners of his monstrous shirt collar (Bob's private property, conferred upon his son and heir in honour of the day) into his mouth, rejoiced to find himself so gallantly attired, and yearned to show his linen in the fashionable Parks. And now two

«¡Pretendo!», exclamó el Espíritu.

«Perdóname si me equivoco. Se ha hecho en tu nombre, o al menos en el de tu familia», dijo Scrooge.

«Hay algunos en esta tierra tuya», respondió el Espíritu, «que pretenden conocernos, y que hacen sus actos de pasión, orgullo, mala voluntad, odio, envidia, fanatismo y egoísmo en nuestro nombre, que son tan extraños a nosotros y a todos nuestros parientes, como si nunca hubieran vivido. Recuérdalo, y carga sus actos sobre ellos mismos, no sobre nosotros».

Scrooge prometió que lo haría, y siguieron, invisibles como antes, hacia los suburbios de la ciudad. Era una cualidad notable del Fantasma (que Scrooge había observado en la panadería), que a pesar de su gigantesco tamaño, podía acomodarse a cualquier lugar con facilidad; y que se mantenía bajo un techo bajo con tanta gracia y como una criatura sobrenatural, como era posible que lo hiciera en cualquier salón de gran altura.

Y tal vez fue el placer que tuvo el buen Espíritu en mostrar este poder suyo, o bien fue su propia naturaleza bondadosa, generosa y cordial, y su simpatía por todos los hombres pobres, lo que lo llevó directamente a la casa del empleado de Scrooge; porque allí fue, y llevó a Scrooge con él, sujetando su túnica; y en el umbral de la puerta el Espíritu sonrió, y se detuvo para bendecir la morada de Bob Cratchit con el rocío de su antorcha. ¡Piensa en eso! Bob no tenía más que quince «Bob» a la semana; se embolsaba los sábados sólo quince ejemplares de su nombre de pila; y, sin embargo, ¡el Fantasma de la Navidad Presente bendijo su casa de cuatro habitaciones!

Entonces se levantó la señora Cratchit. La esposa de Cratchit, vestida pobremente con una bata de dos vueltas, pero esplendorosa con las cintas, que son baratas y dan un buen espectáculo por seis peniques; puso la tela, ayudada por Belinda Cratchit, la segunda de sus hijas, también esplendorosa con las cintas; mientras el señorito Peter Cratchit hundía un tenedor en la cacerola de las patatas, y metiéndose en la boca las esquinas del monstruoso cuello de su camisa (propiedad privada de Bob, conferida a su hijo y heredero en honor del día), se alegró de encontrarse tan galantemente ataviado, y anheló mostrar su ropa blanca

smaller Cratchits, boy and girl, came tearing in, screaming that outside the baker's they had smelt the goose, and known it for their own; and basking in luxurious thoughts of sage and onion, these young Cratchits danced about the table, and exalted Master Peter Cratchit to the skies, while he (not proud, although his collars nearly choked him) blew the fire, until the slow potatoes bubbling up, knocked loudly at the saucepan-lid to be let out and peeled.

"What has ever got your precious father then?" said Mrs. Cratchit. "And your brother, Tiny Tim! And Martha warn't as late last Christmas Day by half-an-hour?"

"Here's Martha, mother!" said a girl, appearing as she spoke.

"Here's Martha, mother!" cried the two young Cratchits. "Hurrah! There's such a goose, Martha!"

"Why, bless your heart alive, my dear, how late you are!" said Mrs. Cratchit, kissing her a dozen times, and taking off her shawl and bonnet for her with officious zeal.

"We'd a deal of work to finish up last night," replied the girl, "and had to clear away this morning, mother!"

"Well! Never mind so long as you are come," said Mrs. Cratchit. "Sit ye down before the fire, my dear, and have a warm, Lord bless ye!"

"No, no! There's father coming," cried the two young Cratchits, who were everywhere at once. "Hide, Martha, hide!"

So Martha hid herself, and in came little Bob, the father, with at least three feet of comforter exclusive of the fringe, hanging down before him; and his threadbare clothes darned up and brushed, to look seasonable; and Tiny Tim upon his shoulder. Alas for Tiny Tim, he bore a little crutch, and had his limbs supported by an iron frame!

"Why, where's our Martha?" cried Bob Cratchit, looking round.

en los parques de moda. Y ahora llegaron dos Cratchit más pequeños, niño y niña, gritando que fuera de la panadería habían olido el ganso y lo habían conocido como el de ellos; y deleitándose con lujosos pensamientos de salvia y cebolla, estos jóvenes Cratchit bailaron alrededor de la mesa, y exaltaron a maese Peter Cratchit hasta el cielo, mientras él (no orgulloso, aunque sus cuellos casi lo ahogaban) atizaba el fuego, hasta que las lentas patatas burbujeantes, golpearon ruidosamente la tapa de la cacerola para que las dejaran salir y las pelaran.

«¿Qué tiene tu precioso padre entonces?», dijo la señora Cratchit. «¡Y tu hermano, el Pequeño Tim! ¿Y Martha no es cierto que llegó tarde el pasado día de Navidad por media hora?».

«¡Aquí está Martha, madre!», dijo una niña, apareciendo mientras hablaba.

«¡Aquí está Martha, madre!», gritaron los dos jóvenes Cratchit. «¡Hurra! ¡Vaya ganso, Martha!».

«¡Vaya, bendita sea, querida, qué tarde llegas!», dijo la señora Cratchit, besándola una docena de veces, y quitándole el chal y el bonete con oficioso celo.

«Tuvimos mucho trabajo que terminar anoche», contestó la muchacha, «y tuvimos que despejar esta mañana, madre».

«¡Bueno! No importa, ya que has venido», dijo la señora Cratchit. «Siéntate ante el fuego, querida, y caliéntate, ¡que el Señor te bendiga!».

«¡No, no! Viene papá», gritaron los dos jóvenes Cratchit, que estaban por todas partes a la vez. «¡Escóndete, Martha, escóndete!».

Martha se escondió y entró el padre, el pequeño Bob, con al menos un metro de edredón, sin los flecos, colgando delante de él, y sus ropas raídas, remendadas y cepilladas para que parecieran de temporada, y el Pequeño Tim sobre su hombro. Lamentablemente, el Pequeño Tim llevaba una pequeña muleta y sus miembros se apoyaban en un armazón de hierro.

«Vaya, ¿dónde está nuestra Martha?», gritó Bob Cratchit, mirando a su alrededor.

"Not coming," said Mrs. Cratchit.

"Not coming!" said Bob, with a sudden declension in his high spirits; for he had been Tim's blood horse all the way from church, and had come home rampant. "Not coming upon Christmas Day!"

Martha didn't like to see him disappointed, if it were only in joke; so she came out prematurely from behind the closet door, and ran into his arms, while the two young Cratchits hustled Tiny Tim, and bore him off into the wash-house, that he might hear the pudding singing in the copper.

"And how did little Tim behave?" asked Mrs. Cratchit, when she had rallied Bob on his credulity, and Bob had hugged his daughter to his heart's content.

"As good as gold," said Bob, "and better. Somehow he gets thoughtful, sitting by himself so much, and thinks the strangest things you ever heard. He told me, coming home, that he hoped the people saw him in the church, because he was a cripple, and it might be pleasant to them to remember upon Christmas Day, who made lame beggars walk, and blind men see."

Bob's voice was tremulous when he told them this, and trembled more when he said that Tiny Tim was growing strong and hearty.

His active little crutch was heard upon the floor, and back came Tiny Tim before another word was spoken, escorted by his brother and sister to his stool before the fire; and while Bob, turning up his cuffs—as if, poor fellow, they were capable of being made more shabby—compounded some hot mixture in a jug with gin and lemons, and stirred it round and round and put it on the hob to simmer; Master Peter, and the two ubiquitous young Cratchits went to fetch the goose, with which they soon returned in high procession.

Such a bustle ensued that you might have thought a goose the rarest of all birds; a feathered phenomenon, to which a black swan was a matter of course—and in truth it was something very like it in that

«No viene», dijo la señora Cratchit.

«¡No viene!», dijo Bob, con un repentino decaimiento de su ánimo; pues había sido el caballo de sangre de Tim durante todo el camino desde la iglesia, y había llegado a casa desbocado. «¡No viene el día de Navidad!».

A Martha no le gustaba verlo desilusionado, ni siquiera en broma; así que salió antes de tiempo de detrás de la puerta del armario y corrió a abrazarlo, mientras los dos jóvenes Cratchit se llevaban al Pequeño Tim y lo conducían al lavadero, para que pudiera oír el canto del pudín en el cobre.

«¿Y cómo se ha portado el Pequeño Tim?», preguntó la señora Cratchit, cuando hubo reanimado a Bob en su credulidad, y éste hubo abrazado a su hija hasta sentirse satisfecho.

«Tan bueno como el oro», dijo Bob, «y mejor. De alguna manera se pone pensativo, sentado tanto tiempo solo, y piensa las cosas más extrañas que jamás se hayan oído. Me dijo, al volver a casa, que esperaba que la gente lo viera en la iglesia, porque era un lisiado, y que podría ser agradable para ellos recordar en el día de Navidad, que hizo caminar a los mendigos cojos, y ver a los ciegos».

La voz de Bob era temblorosa cuando les contaba esto, y temblaba más cuando decía que el Pequeño Tim se estaba poniendo fuerte y vigoroso.

Se oyó su activa muleta en el suelo, y antes de que se dijera otra palabra volvió el Pequeño Tim, escoltado por su hermano y su hermana a su taburete ante el fuego; y mientras Bob, subiéndose los puños —como si, pobrecito, pudieran estar más desaliñados—, preparaba una mezcla caliente en una jarra con ginebra y limones, la revolvía una y otra vez y la ponía a calentar a fuego lento; el señorito Peter y los dos ubicuos jóvenes Cratchit fueron a buscar el ganso, con el que pronto regresaron en gran procesión.

Se armó tal jaleo que se podría haber pensado que un ganso era el más raro de los pájaros; un fenómeno emplumado, para el que un cisne negro era algo natural; y la verdad es que había algo muy parecido en

house. Mrs. Cratchit made the gravy (ready beforehand in a little saucepan) hissing hot; Master Peter mashed the potatoes with incredible vigour; Miss Belinda sweetened up the apple-sauce; Martha dusted the hot plates; Bob took Tiny Tim beside him in a tiny corner at the table; the two young Cratchits set chairs for everybody, not forgetting themselves, and mounting guard upon their posts, crammed spoons into their mouths, lest they should shriek for goose before their turn came to be helped. At last the dishes were set on, and grace was said. It was succeeded by a breathless pause, as Mrs. Cratchit, looking slowly all along the carving-knife, prepared to plunge it in the breast; but when she did, and when the long expected gush of stuffing issued forth, one murmur of delight arose all round the board, and even Tiny Tim, excited by the two young Cratchits, beat on the table with the handle of his knife, and feebly cried Hurrah!

There never was such a goose. Bob said he didn't believe there ever was such a goose cooked. Its tenderness and flavour, size and cheapness, were the themes of universal admiration. Eked out by apple-sauce and mashed potatoes, it was a sufficient dinner for the whole family; indeed, as Mrs. Cratchit said with great delight (surveying one small atom of a bone upon the dish), they hadn't ate it all at last! Yet every one had had enough, and the youngest Cratchits in particular, were steeped in sage and onion to the eyebrows! But now, the plates being changed by Miss Belinda, Mrs. Cratchit left the room alone—too nervous to bear witnesses—to take the pudding up and bring it in.

Suppose it should not be done enough! Suppose it should break in turning out! Suppose somebody should have got over the wall of the back-yard, and stolen it, while they were merry with the goose—a supposition at which the two young Cratchits became livid! All sorts of horrors were supposed.

Hallo! A great deal of steam! The pudding was out of the copper. A smell like a washing-day! That was the cloth. A smell like an eating-house and a pastrycook's next door to each other, with a laundress's next door to that! That was the pudding! In half a minute Mrs. Cratchit entered—flushed, but smiling proudly—with the pudding, like a speckled cannon-ball, so hard and firm, blazing in half of half-

aquella casa. La señora Cratchit preparó la salsa (lista de antemano en una cacerolita) al rojo vivo; el señorito Peter machacó las patatas con un vigor increíble; la señorita Belinda endulzó la compota de manzana; Martha sacudió el polvo de los platos calientes; Bob llevó al Pequeño Tim a su lado en un pequeño rincón de la mesa; los dos jóvenes Cratchit colocaron sillas para todos, sin olvidarse de ellos mismos, y montando guardia en sus puestos, se metieron las cucharas en la boca, no fuera a ser que chillaran por el ganso antes de que les llegara el turno. Por fin se colocaron los platos y se dieron las gracias. Le siguió una pausa sin aliento, mientras la señora Cratchit, mirando lentamente a lo largo del cuchillo de trinchar, se preparaba para clavarlo en la pechuga; pero cuando lo hizo, y cuando salió el tan esperado chorro de relleno, un murmullo de alegría surgió en toda la mesa, e incluso el Pequeño Tim, excitado por los dos jóvenes Cratchit, golpeó la mesa con el mango de su cuchillo, y gritó débilmente: «¡Viva!».

Nunca hubo un ganso así. Bob dijo que no creía que hubiera nunca un ganso cocido así. Tan tierno y sabroso, tan grande y tan barato, fue el tema de la admiración universal. Acompañado de salsa de manzana y puré de patatas, fue una cena suficiente para toda la familia; de hecho, como dijo la señora Cratchit con gran alegría (observando un pequeño átomo de hueso sobre el plato), ¡no se lo habían comido todo al final! Sin embargo, todos habían comido bastante, y los Cratchit más jóvenes, en particular, estaban empapados de salvia y cebolla hasta las cejas. Pero ahora, al ser cambiados los platos por la señorita Belinda, la señora Cratchit salió de la habitación sola —demasiado nerviosa para soportar testigos— para recoger el budín y llevarlo a la sala.

¡Supongamos que no estuviera lo suficientemente cocido! ¡Supongamos que se rompiera al sacarlo! Supongamos que alguien hubiera saltado el muro del patio trasero y lo hubiera robado, mientras ellos se divertían con el ganso; ¡una suposición ante la cual los dos jóvenes Cratchit se pusieron lívidos! Se imaginaron toda clase de horrores.

¡Vaya! ¡Una gran cantidad de vapor! El budín estaba fuera del molde de cobre. ¡Un olor como el de un día de lavandería! Ese era el paño. ¡Un olor como el de una casa de comidas y una pastelería al lado, con una lavandería al lado! ¡Eso era el budín! Al cabo de medio minuto entró la señora Cratchit, sonrojada, pero sonriendo con orgullo, con el budín, semejante a una bala de cañón moteada, tan dura y firme, ardiendo en

a-quartern of ignited brandy, and bedight with Christmas holly stuck into the top.

Oh, a wonderful pudding! Bob Cratchit said, and calmly too, that he regarded it as the greatest success achieved by Mrs. Cratchit since their marriage. Mrs. Cratchit said that now the weight was off her mind, she would confess she had had her doubts about the quantity of flour. Everybody had something to say about it, but nobody said or thought it was at all a small pudding for a large family. It would have been flat heresy to do so. Any Cratchit would have blushed to hint at such a thing.

At last the dinner was all done, the cloth was cleared, the hearth swept, and the fire made up. The compound in the jug being tasted, and considered perfect, apples and oranges were put upon the table, and a shovel-full of chestnuts on the fire. Then all the Cratchit family drew round the hearth, in what Bob Cratchit called a circle, meaning half a one; and at Bob Cratchit's elbow stood the family display of glass. Two tumblers, and a custard-cup without a handle.

These held the hot stuff from the jug, however, as well as golden goblets would have done; and Bob served it out with beaming looks, while the chestnuts on the fire sputtered and cracked noisily. Then Bob proposed:

"A Merry Christmas to us all, my dears. God bless us!"

Which all the family re-echoed.

"God bless us every one!" said Tiny Tim, the last of all.

He sat very close to his father's side upon his little stool. Bob held his withered little hand in his, as if he loved the child, and wished to keep him by his side, and dreaded that he might be taken from him.

"Spirit," said Scrooge, with an interest he had never felt before, "tell me if Tiny Tim will live."

"I see a vacant seat," replied the Ghost, "in the poor chimney-corner, and a crutch without an owner, carefully preserved. If these

medio de media cuartilla de coñac encendido, e iluminado con acebo navideño clavado en la parte superior.

¡Oh, un budín maravilloso! dijo Bob Cratchit, y con toda tranquilidad dijo también que lo consideraba el mayor logro de la señora Cratchit desde su matrimonio. La señora Cratchit dijo que, ahora que se había quitado un peso de encima, podía confesar que había tenido sus dudas sobre la cantidad de harina. Todo el mundo tenía algo que decir al respecto, pero nadie dijo ni pensó que fuera un budín pequeño para una familia numerosa. Habría sido una herejía rotunda hacerlo. Cualquier Cratchit se habría sonrojado al insinuar tal cosa.

Finalmente, la cena estuvo completa, se limpió el mantel, se barrió el hogar y se preparó el fuego. Probado el compuesto de la jarra, que se consideró perfecto, se pusieron en la mesa manzanas y naranjas, y una pala llena de castañas en el fuego. Entonces toda la familia Cratchit se reunió en torno al hogar, en lo que Bob Cratchit llamaba un círculo, que significaba medio; y en el codo de Bob Cratchit estaba la vitrina familiar. Dos vasos y una copa de crema sin asa.

Sin embargo, éstas aguantaron el calor de la jarra tan bien como lo habrían hecho unas copas de oro; y Bob lo sirvió con miradas radiantes, mientras las castañas en el fuego chisporroteaban y se rompían ruidosamente. Entonces Bob propuso:

«Feliz Navidad para todos, queridos. Que Dios nos bendiga».

A lo que toda la familia se hizo eco.

«¡Dios nos bendiga a todos!», dijo el Pequeño Tim, el último de todos.

Se sentó muy cerca de su padre en su pequeño taburete. Bob sostenía su pequeña mano marchita entre las suyas, como si amara al niño y deseara tenerlo a su lado, y temiera que se lo quitaran.

«Espíritu», dijo Scrooge, con un interés que nunca había sentido, «dime si el Pequeño Tim vivirá».

«Veo un asiento vacante», respondió el Fantasma, «en el pobre rincón de la chimenea, y una muleta sin dueño, cuidadosamente conservada.

shadows remain unaltered by the Future, the child will die."

"No, no," said Scrooge. "Oh, no, kind Spirit! say he will be spared."

"If these shadows remain unaltered by the Future, none other of my race," returned the Ghost, "will find him here. What then? If he be like to die, he had better do it, and decrease the surplus population."

Scrooge hung his head to hear his own words quoted by the Spirit, and was overcome with penitence and grief.

"Man," said the Ghost, "if man you be in heart, not adamant, forbear that wicked cant until you have discovered What the surplus is, and Where it is. Will you decide what men shall live, what men shall die? It may be, that in the sight of Heaven, you are more worthless and less fit to live than millions like this poor man's child. Oh God! to hear the Insect on the leaf pronouncing on the too much life among his hungry brothers in the dust!"

Scrooge bent before the Ghost's rebuke, and trembling cast his eyes upon the ground. But he raised them speedily, on hearing his own name.

"Mr. Scrooge!" said Bob; "I'll give you Mr. Scrooge, the Founder of the Feast!"

"The Founder of the Feast indeed!" cried Mrs. Cratchit, reddening. "I wish I had him here. I'd give him a piece of my mind to feast upon, and I hope he'd have a good appetite for it."

"My dear," said Bob, "the children! Christmas Day."

"It should be Christmas Day, I am sure," said she, "on which one drinks the health of such an odious, stingy, hard, unfeeling man as Mr. Scrooge. You know he is, Robert! Nobody knows it better than you do, poor fellow!"

Si estas sombras permanecen inalteradas en el Futuro, el niño morirá».

«No, no», dijo Scrooge. «¡Oh, no, bondadoso Espíritu! Di que se salvará».

«Si estas sombras permanecen inalteradas en el Futuro, ningún otro de mi raza», respondió el Fantasma, «lo encontrará aquí. Entonces, ¿qué? Si quiere morir, más vale que lo haga, y que disminuya la población excedente».

Scrooge agachó la cabeza al escuchar sus propias palabras citadas por el Espíritu, y se sintió invadido por la penitencia y el dolor.

«Hombre», dijo el Fantasma, «si eres hombre de corazón, no obstinado, abstente de esa perversa cantinela hasta que hayas descubierto qué es lo que sobra y dónde está. ¿Decidirás qué hombres vivirán y qué hombres morirán? Puede ser, que a los ojos del Cielo, seas más inútil y menos apto para vivir que millones como el hijo de este pobre hombre. ¡Oh Dios! oír al insecto de la hoja pronunciarse sobre la vida excesiva entre sus hermanos hambrientos en el polvo!».

Scrooge se inclinó ante la reprimenda del Fantasma y, temblando, clavó los ojos en el suelo. Pero los levantó rápidamente, al oír su propio nombre.

«¡Al señor Scrooge!», dijo Bob; «¡le daré las gracias al señor Scrooge, el Fundador de la Fiesta!».

«¡El Fundador de la Fiesta, en efecto!», gritó la señora Cratchit, enrojeciendo. «Ojalá lo tuviera aquí. Le dejaría ver un poco lo que tengo en mente, para que se diera un festín, y espero que tenga buen apetito para ello».

«Querida», dijo Bob, «¡los niños! El día de Navidad».

«Debe ser el día de Navidad, estoy segura», dijo ella, «en el que se bebe a la salud de un hombre tan odioso, tacaño, duro e insensible como el señor Scrooge. Sabes que es así, Robert. Nadie lo sabe mejor que tú, pobre hombre».

"My dear," was Bob's mild answer, "Christmas Day."

"I'll drink his health for your sake and the Day's," said Mrs. Cratchit, "not for his. Long life to him! A merry Christmas and a happy new year! He'll be very merry and very happy, I have no doubt!"

The children drank the toast after her. It was the first of their proceedings which had no heartiness. Tiny Tim drank it last of all, but he didn't care twopence for it. Scrooge was the Ogre of the family. The mention of his name cast a dark shadow on the party, which was not dispelled for full five minutes.

After it had passed away, they were ten times merrier than before, from the mere relief of Scrooge the Baleful being done with. Bob Cratchit told them how he had a situation in his eye for Master Peter, which would bring in, if obtained, full five-and-sixpence weekly. The two young Cratchits laughed tremendously at the idea of Peter's being a man of business; and Peter himself looked thoughtfully at the fire from between his collars, as if he were deliberating what particular investments he should favour when he came into the receipt of that bewildering income. Martha, who was a poor apprentice at a milliner's, then told them what kind of work she had to do, and how many hours she worked at a stretch, and how she meant to lie abed to-morrow morning for a good long rest; to-morrow being a holiday she passed at home. Also how she had seen a countess and a lord some days before, and how the lord "was much about as tall as Peter;" at which Peter pulled up his collars so high that you couldn't have seen his head if you had been there. All this time the chestnuts and the jug went round and round; and by-and-bye they had a song, about a lost child travelling in the snow, from Tiny Tim, who had a plaintive little voice, and sang it very well indeed.

There was nothing of high mark in this. They were not a handsome family; they were not well dressed; their shoes were far from being water-proof; their clothes were scanty; and Peter might have known, and very likely did, the inside of a pawnbroker's. But, they were happy, grateful, pleased with one another, and contented with the time; and when they faded, and looked happier yet in the bright sprinklings of the Spirit's torch at parting, Scrooge had his eye upon them, and especially on Tiny Tim, until the last.

«Querida», fue la suave respuesta de Bob, «el día de Navidad».

«Beberé a su salud por su bien y el del día», dijo la señora Cratchit, «no por el suyo. ¡Larga vida para él! Feliz Navidad y feliz año nuevo. Él estará muy contento y será muy feliz, no me cabe la menor duda».

Los niños brindaron después de ella. Fue el primero de sus actos, que no tuvo ninguna gracia. El Pequeño Tim fue el último en beber, pero no le importó ni un céntimo. Scrooge era el Ogro de la familia. La mención de su nombre proyectó una oscura sombra sobre la fiesta que no se disipó durante cinco minutos.

Cuando pasó, se sintieron diez veces más felices que antes, por el mero alivio de haber acabado con Scrooge el Malvado. Bob Cratchit les contó que tenía una oportunidad para el maese Peter, que le reportaría, si la conseguía, cinco peniques y medio a la semana. Los dos jóvenes Cratchit se rieron enormemente ante la idea de que Peter fuera un hombre de negocios; y el propio Peter miraba pensativo al fuego desde entre sus cuellos, como si estuviera deliberando qué inversiones concretas debería favorecer cuando recibiera aquellos desconcertantes ingresos. Martha, que era una pobre aprendiz de sombrerera, les contó entonces qué clase de trabajo tenía que hacer, y cuántas horas trabajaba de corrido, y cómo pensaba acostarse mañana por la mañana para descansar bien; mañana era un día festivo que pasaba en casa. También que había visto a una condesa y a un lord unos días antes, y que el lord «era más o menos tan alto como Peter»; ante lo cual Peter se subió tanto el cuello de la camisa que no se le habría podido ver la cabeza si tú hubieras estado allí. Durante todo este tiempo, las castañas y el cántaro dieron vueltas y vueltas; y al final cantaron una canción, sobre un niño perdido que viajaba a través de la nieve, del Pequeño Tim, que tenía una vocecita lastimera, y la cantaba muy bien.

No había nada de alto nivel en esto. No eran una familia guapa; no iban bien vestidos; sus zapatos distaban mucho de ser impermeables; sus ropas eran escasas; y Peter podría haber conocido, y muy probablemente lo hizo, el interior de una casa de empeños. Pero estaban contentos, agradecidos, complacidos el uno con el otro, y satisfechos por el momento; y cuando se desvanecían, y parecían más felices aún en las brillantes salpicaduras de la antorcha del Espíritu en la despedida, Scrooge tenía sus ojos puestos en ellos, y especialmente en el Pequeño Tim, hasta el final.

By this time it was getting dark, and snowing pretty heavily; and as Scrooge and the Spirit went along the streets, the brightness of the roaring fires in kitchens, parlours, and all sorts of rooms, was wonderful. Here, the flickering of the blaze showed preparations for a cosy dinner, with hot plates baking through and through before the fire, and deep red curtains, ready to be drawn to shut out cold and darkness. There all the children of the house were running out into the snow to meet their married sisters, brothers, cousins, uncles, aunts, and be the first to greet them. Here, again, were shadows on the window-blind of guests assembling; and there a group of handsome girls, all hooded and fur-booted, and all chattering at once, tripped lightly off to some near neighbour's house; where, woe upon the single man who saw them enter—artful witches, well they knew it—in a glow!

But, if you had judged from the numbers of people on their way to friendly gatherings, you might have thought that no one was at home to give them welcome when they got there, instead of every house expecting company, and piling up its fires half-chimney high. Blessings on it, how the Ghost exulted! How it bared its breadth of breast, and opened its capacious palm, and floated on, outpouring, with a generous hand, its bright and harmless mirth on everything within its reach! The very lamplighter, who ran on before, dotting the dusky street with specks of light, and who was dressed to spend the evening somewhere, laughed out loudly as the Spirit passed, though little kenned the lamplighter that he had any company but Christmas!

And now, without a word of warning from the Ghost, they stood upon a bleak and desert moor, where monstrous masses of rude stone were cast about, as though it were the burial-place of giants; and water spread itself wheresoever it listed, or would have done so, but for the frost that held it prisoner; and nothing grew but moss and furze, and coarse rank grass. Down in the west the setting sun had left a streak of fiery red, which glared upon the desolation for an instant, like a sullen eye, and frowning lower, lower, lower yet, was lost in the thick gloom of darkest night.

"What place is this?" asked Scrooge.

"A place where Miners live, who labour in the bowels of the earth,"

Para entonces estaba oscureciendo y nevando bastante; y mientras Scrooge y el Espíritu iban por las calles, el brillo de los fuegos rugientes en las cocinas, salones y toda clase de habitaciones, era maravilloso. Aquí, el parpadeo del fuego mostraba los preparativos para una cena acogedora, con platos calientes que se cocinaban ante el fuego, y cortinas de color rojo intenso, listas para ser descorridas para impedir el frío y la oscuridad. Allí todos los niños de la casa salían corriendo a la nieve para encontrarse con sus hermanas casadas, hermanos, primos, tíos y tías y ser los primeros en saludarlos. También allí se veían las sombras de los invitados que se reunían en las ventanas; y allí un grupo de guapas muchachas, encapuchadas y con botas de piel, que parloteaban al mismo tiempo, se dirigían a trompicones a la casa de algún vecino cercano, donde, ¡ay del hombre que las viera entrar —brujas astutas, bien lo sabían— en un resplandor!

Pero, a juzgar por el número de personas que se dirigían a las reuniones amistosas, se podría haber pensado que no había nadie en casa para darles la bienvenida cuando llegaran, en lugar de que todas las casas esperaran compañía y apilaran sus fuegos a media altura. Bendito sea, ¡cómo se alegró el Fantasma! ¡Cómo desnudó su ancho pecho, y abrió su amplia palma, y flotó, derramando, con una mano generosa, su brillante e inofensiva alegría sobre todo lo que estaba a su alcance! El propio farolero, que había corrido antes, salpicando la oscura calle con motas de luz, y que estaba vestido para pasar la noche en algún lugar, se rió a carcajadas cuando pasó el Espíritu, aunque poco sabía el farolero que tenía otra compañía que la de la Navidad.

Y ahora, sin una palabra de advertencia del Fantasma, se encontraban en un páramo sombrío y desértico, donde había monstruosas masas de piedra tosca, como si se tratara del lugar de enterramiento de gigantes; y el agua se extendía por donde quiera que fuera, o lo habría hecho de no ser por la escarcha que la mantenía prisionera; y no crecía nada más que musgo y tojo, y tosca hierba. Abajo, en el oeste, el sol poniente había dejado una raya de rojo ardiente, que brilló sobre la desolación por un instante, como un ojo hosco, y frunciendo el ceño más abajo, más abajo aún, se perdió en la espesa penumbra de la noche más oscura.

«¿Qué lugar es éste?», preguntó Scrooge.

«Un lugar donde viven los mineros, que trabajan en las entrañas de la

returned the Spirit. "But they know me. See!"

A light shone from the window of a hut, and swiftly they advanced towards it. Passing through the wall of mud and stone, they found a cheerful company assembled round a glowing fire. An old, old man and woman, with their children and their children's children, and another generation beyond that, all decked out gaily in their holiday attire. The old man, in a voice that seldom rose above the howling of the wind upon the barren waste, was singing them a Christmas song—it had been a very old song when he was a boy—and from time to time they all joined in the chorus. So surely as they raised their voices, the old man got quite blithe and loud; and so surely as they stopped, his vigour sank again.

The Spirit did not tarry here, but bade Scrooge hold his robe, and passing on above the moor, sped—whither? Not to sea? To sea. To Scrooge's horror, looking back, he saw the last of the land, a frightful range of rocks, behind them; and his ears were deafened by the thundering of water, as it rolled and roared, and raged among the dreadful caverns it had worn, and fiercely tried to undermine the earth.

Built upon a dismal reef of sunken rocks, some league or so from shore, on which the waters chafed and dashed, the wild year through, there stood a solitary lighthouse. Great heaps of sea-weed clung to its base, and storm-birds—born of the wind one might suppose, as sea-weed of the water—rose and fell about it, like the waves they skimmed.

But even here, two men who watched the light had made a fire, that through the loophole in the thick stone wall shed out a ray of brightness on the awful sea. Joining their horny hands over the rough table at which they sat, they wished each other Merry Christmas in their can of grog; and one of them: the elder, too, with his face all damaged and scarred with hard weather, as the figure-head of an old ship might be: struck up a sturdy song that was like a Gale in itself.

Again the Ghost sped on, above the black and heaving sea—on, on—until, being far away, as he told Scrooge, from any shore, they lighted

tierra», respondió el Espíritu. «Pero ellos me conocen. ¡Mira!».

Una luz brilló desde la ventana de una cabaña, y rápidamente avanzaron hacia ella. Al atravesar el muro de barro y piedra, encontraron una alegre comitiva reunida en torno a una hoguera encendida. Un anciano y una anciana, con sus hijos y los hijos de sus hijos, y otra generación más allá, todos ataviados alegremente con sus trajes de fiesta. El anciano, con una voz que rara vez se elevaba por encima del aullido del viento sobre el árido páramo, les cantaba una canción de Navidad —era una canción muy antigua de cuando él era niño— y de vez en cuando todos se unían al coro. A medida que levantaban la voz, el anciano se ponía muy alegre y ruidoso; y a medida que dejaban de hacerlo, su vigor volvía a decaer.

El Espíritu no se detuvo aquí, sino que ordenó a Scrooge que se sujetara la túnica, y pasando por encima del páramo, se dirigió... ¿hacia dónde? ¿No hacia el mar? Hacia el mar. Para horror de Scrooge, al mirar hacia atrás, vio lo último de la tierra, una espantosa cadena de rocas, detrás de ellos; y sus oídos fueron ensordecidos por el estruendo del agua, mientras rodaba y rugía, y se enfurecía entre las espantosas cavernas que había desgastado, y trataba ferozmente de socavar la tierra.

Construido sobre un lúgubre arrecife de rocas hundidas, a una legua más o menos de la orilla, en el que las aguas rozaban y golpeaban durante todo el año, había un faro solitario. Grandes montones de algas marinas se aferraban a su base, y las aves de tormenta —nacidas del viento, se podría suponer, como las algas del agua— surgían y caían a su alrededor, como las olas que rozaban.

Pero incluso aquí, dos hombres que vigilaban la luz habían hecho un fuego, que a través de la aspillera del grueso muro de piedra arrojaba un rayo de luz sobre el horrible mar. Juntando sus manos calientes sobre la tosca mesa en la que estaban sentados, se desearon mutuamente Feliz Navidad en su lata de grog; y uno de ellos: el mayor, además, con el rostro todo dañado y cicatrizado por las duras inclemencias del tiempo, como podría estarlo el mascarón de proa de un viejo barco: entonó una robusta canción que era como un Vendaval en sí mismo.

Nuevamente el Fantasma avanzó por encima del negro y agitado mar, hasta que, estando muy lejos, como le dijo a Scrooge, de cualquier ori-

on a ship. They stood beside the helmsman at the wheel, the look-out in the bow, the officers who had the watch; dark, ghostly figures in their several stations; but every man among them hummed a Christmas tune, or had a Christmas thought, or spoke below his breath to his companion of some bygone Christmas Day, with homeward hopes belonging to it. And every man on board, waking or sleeping, good or bad, had had a kinder word for another on that day than on any day in the year; and had shared to some extent in its festivities; and had remembered those he cared for at a distance, and had known that they delighted to remember him.

It was a great surprise to Scrooge, while listening to the moaning of the wind, and thinking what a solemn thing it was to move on through the lonely darkness over an unknown abyss, whose depths were secrets as profound as Death: it was a great surprise to Scrooge, while thus engaged, to hear a hearty laugh. It was a much greater surprise to Scrooge to recognise it as his own nephew's and to find himself in a bright, dry, gleaming room, with the Spirit standing smiling by his side, and looking at that same nephew with approving affability!

"Ha, ha!" laughed Scrooge's nephew. "Ha, ha, ha!"

If you should happen, by any unlikely chance, to know a man more blest in a laugh than Scrooge's nephew, all I can say is, I should like to know him too. Introduce him to me, and I'll cultivate his acquaintance.

It is a fair, even-handed, noble adjustment of things, that while there is infection in disease and sorrow, there is nothing in the world so irresistibly contagious as laughter and good-humour. When Scrooge's nephew laughed in this way: holding his sides, rolling his head, and twisting his face into the most extravagant contortions: Scrooge's niece, by marriage, laughed as heartily as he. And their assembled friends being not a bit behindhand, roared out lustily.

"Ha, ha! Ha, ha, ha, ha!"

"He said that Christmas was a humbug, as I live!" cried Scrooge's

lla, divisaron un barco. Estaban junto al piloto en el timón, el vigía en la proa, los oficiales que hacían la guardia; figuras oscuras y fantasmales en sus diferentes puestos; pero cada hombre entre ellos tarareaba una melodía navideña, o tenía un pensamiento navideño, o hablaba en voz baja a su compañero de algún día de Navidad pasado, con esperanzas de regreso a casa. Y cada hombre a bordo, despierto o dormido, bueno o malo, había tenido una palabra más amable para otro en ese día que en cualquier otro día del año; y había compartido en cierta medida sus festividades; y había recordado a los que le importaban a distancia, y había sabido que ellos estaban encantados de recordarlo.

Fue una gran sorpresa para Scrooge, mientras escuchaba el gemido del viento, y pensaba en lo solemne que era avanzar a través de la solitaria oscuridad sobre un abismo desconocido, cuyas profundidades eran secretos tan profundos como la Muerte: fue una gran sorpresa para Scrooge, mientras estaba así ocupado, escuchar una risa sincera. Fue una sorpresa mucho mayor para Scrooge reconocerla como la de su propio sobrino y encontrarse en una habitación luminosa, seca y reluciente, con el Espíritu de pie sonriendo a su lado, y mirando a ese mismo sobrino con afabilidad aprobatoria.

«¡Ja, ja!», rió el sobrino de Scrooge. «¡Ja, ja, ja!».

Si por casualidad conoces a un hombre más dichoso que el sobrino dc Scrooge, todo lo que puedo decir es que a mí también me gustaría conocerlo. Preséntamelo y cultivaré su amistad.

Es un ajuste justo, ecuánime y noble de las cosas, que mientras hay infección en la enfermedad y el dolor, no hay nada en el mundo tan irresistiblemente contagioso como la risa y el buen humor. Cuando el sobrino de Scrooge se reía de esta manera: agarrándose los costados, girando la cabeza y retorciendo la cara en las más extravagantes contorsiones: la sobrina de Scrooge, por matrimonio, se reía con el mismo entusiasmo que él. Y los amigos reunidos, que no se quedaron atrás, rugieron con fuerza.

«¡Ja, ja! ¡Ja, ja, ja, ja!».

«¡Dijo que la Navidad era una tontería, tal y como yo vivo!», gritó el

nephew. "He believed it too!"

"More shame for him, Fred!" said Scrooge's niece, indignantly. Bless those women; they never do anything by halves. They are always in earnest.

She was very pretty: exceedingly pretty. With a dimpled, surprised-looking, capital face; a ripe little mouth, that seemed made to be kissed—as no doubt it was; all kinds of good little dots about her chin, that melted into one another when she laughed; and the sunniest pair of eyes you ever saw in any little creature's head. Altogether she was what you would have called provoking, you know; but satisfactory, too. Oh, perfectly satisfactory.

"He's a comical old fellow," said Scrooge's nephew, "that's the truth: and not so pleasant as he might be. However, his offences carry their own punishment, and I have nothing to say against him."

"I'm sure he is very rich, Fred," hinted Scrooge's niece. "At least you always tell me so."

"What of that, my dear!" said Scrooge's nephew. "His wealth is of no use to him. He don't do any good with it. He don't make himself comfortable with it. He hasn't the satisfaction of thinking—ha, ha, ha!—that he is ever going to benefit US with it."

"I have no patience with him," observed Scrooge's niece. Scrooge's niece's sisters, and all the other ladies, expressed the same opinion.

"Oh, I have!" said Scrooge's nephew. "I am sorry for him; I couldn't be angry with him if I tried. Who suffers by his ill whims! Himself, always. Here, he takes it into his head to dislike us, and he won't come and dine with us. What's the consequence? He don't lose much of a dinner."

"Indeed, I think he loses a very good dinner," interrupted Scrooge's niece. Everybody else said the same, and they must be allowed to have been competent judges, because they had just had dinner; and, with the dessert upon the table, were clustered round the fire, by lamplight.

sobrino de Scrooge. «¡Él se lo creía!».

«¡Qué vergüenza para él, Fred!», dijo la sobrina de Scrooge, indignada. Benditas sean esas mujeres; nunca hacen nada a medias. Siempre van en serio.

Era muy bonita, extremadamente bonita. Con una cara con hoyuelos, de aspecto sorprendido y sobresaliente; una boquita madura, que parecía hecha para ser besada, como sin duda lo era; toda clase de buenos puntitos en la barbilla, que se fundían unos con otros cuando se reía; y el par de ojos más soleados que jamás se haya visto en la cabeza de ninguna criatura. En conjunto, era lo que tú habrías llamado provocadora, ya sabes; pero también satisfactoria. Oh, perfectamente satisfactoria.

«Es un viejo cómico», dijo el sobrino de Scrooge, «esa es la verdad: y no tan agradable como podría ser. Sin embargo, sus ofensas llevan su propio castigo, y no tengo nada que decir contra él».

«Estoy segura de que es muy rico, Fred», insinuó la sobrina de Scrooge. «Al menos siempre me lo dices».

«¡Qué hay de eso, querida!», dijo el sobrino de Scrooge. «Su riqueza no le sirve de nada. No hace nada bueno con ella. No se siente cómodo con ella. No tiene la satisfacción de pensar —¡ja, ja, ja!— que alguna vez nos va a beneficiar a nosotros con ella».

«No tengo paciencia con él», observó la sobrina de Scrooge. Las hermanas de la sobrina de Scrooge, y todas las demás damas, expresaron la misma opinión.

«¡Oh, sí!», dijo el sobrino de Scrooge. «Lo siento por él; no podría enfadarme con él aunque lo intentara. ¿Quién sufre por sus malos caprichos? Él mismo, siempre. Ahora se le ha metido en la cabeza que le caemos mal y no quiere venir a cenar con nosotros. ¿Cuál es la consecuencia? No pierde mucho al perder una cena».

«En efecto, creo que pierde una muy buena cena», interrumpió la sobrina de Scrooge. Todos los demás dijeron lo mismo, y hay que admitir que eran jueces competentes, porque acababan de cenar; y, con el postre sobre la mesa, estaban agrupados alrededor del fuego, a la luz de la lámpara.

"Well! I'm very glad to hear it," said Scrooge's nephew, "because I haven't great faith in these young housekeepers. What do you say, Topper?"

Topper had clearly got his eye upon one of Scrooge's niece's sisters, for he answered that a bachelor was a wretched outcast, who had no right to express an opinion on the subject. Whereat Scrooge's niece's sister—the plump one with the lace tucker: not the one with the roses—blushed.

"Do go on, Fred," said Scrooge's niece, clapping her hands. "He never finishes what he begins to say! He is such a ridiculous fellow!"

Scrooge's nephew revelled in another laugh, and as it was impossible to keep the infection off; though the plump sister tried hard to do it with aromatic vinegar; his example was unanimously followed.

"I was only going to say," said Scrooge's nephew, "that the consequence of his taking a dislike to us, and not making merry with us, is, as I think, that he loses some pleasant moments, which could do him no harm. I am sure he loses pleasanter companions than he can find in his own thoughts, either in his mouldy old office, or his dusty chambers. I mean to give him the same chance every year, whether he likes it or not, for I pity him. He may rail at Christmas till he dies, but he can't help thinking better of it—I defy him—if he finds me going there, in good temper, year after year, and saying Uncle Scrooge, how are you? If it only puts him in the vein to leave his poor clerk fifty pounds, that's something; and I think I shook him yesterday."

It was their turn to laugh now at the notion of his shaking Scrooge. But being thoroughly good-natured, and not much caring what they laughed at, so that they laughed at any rate, he encouraged them in their merriment, and passed the bottle joyously.

After tea, they had some music. For they were a musical family, and knew what they were about, when they sung a Glee or Catch, I can assure you: especially Topper, who could growl away in the bass like a good one, and never swell the large veins in his forehead, or get red in the face over it. Scrooge's niece played well upon the harp;

«¡Bueno! Me alegra mucho oírlo», dijo el sobrino de Scrooge, «porque no tengo mucha fe en estas jóvenes amas de casa. ¿Qué dices, Topper?».

Topper había echado claramente el ojo a una de las hermanas de la sobrina de Scrooge, pues respondió que un soltero era un miserable marginado, que no tenía derecho a opinar sobre el tema. Entonces la hermana de la sobrina de Scrooge —la regordeta del encaje, no la que llevaba las rosas— se sonrojó.

«Continúa, Fred», dijo la sobrina de Scrooge, aplaudiendo. «¡Nunca termina lo que empieza a decir! Es un tipo tan ridículo».

El sobrino de Scrooge se regocijó con otra carcajada, y como era imposible alejar la infección; aunque la regordeta hermana se esforzó por hacerlo con vinagre aromático; su ejemplo fue unánimemente seguido.

«Sólo iba a decir», dijo el sobrino de Scrooge, «que la consecuencia de que nos tenga antipatía y no disfrute con nosotros es, según creo, que se pierde algunos momentos agradables, que no podrían hacerle ningún daño. Estoy seguro de que pierde compañeros más agradables que los que puede encontrar en sus propios pensamientos, ya sea en su vieja y mohosa oficina o en sus polvorientos aposentos. Quiero darle la misma oportunidad todos los años, le guste o no, porque me da pena. Podrá reñir con la Navidad hasta que se muera, pero no podrá evitar pensar mejor en ella —le desafío— si me encuentra yendo allí, de buen humor, año tras año, y diciendo: «tío Scrooge, ¿cómo estás?». Si sólo le pone en vena dejarle a su pobre empleado cincuenta libras, ya es algo; y creo que ayer lo sacudí».

Ahora les tocaba a ellos reírse de la idea de que él sacudiera a Scrooge. Pero como era un hombre de buen carácter, y no le importaba mucho de qué se reían, de todos modos se reía, los animó en su alegría y pasó la botella alegremente.

Después del té, tocaron algo de música. Porque eran una familia musical, y sabían lo que hacían cuando cantaban un Glee o un Catch, te lo aseguro: especialmente Topper, que podía gruñir en el bajo como si fuera uno de los buenos, y nunca se le hinchaban las grandes venas de la frente, ni se ponía rojo por ello. La sobrina de Scrooge tocaba bien

and played among other tunes a simple little air (a mere nothing: you might learn to whistle it in two minutes), which had been familiar to the child who fetched Scrooge from the boarding-school, as he had been reminded by the Ghost of Christmas Past. When this strain of music sounded, all the things that Ghost had shown him, came upon his mind; he softened more and more; and thought that if he could have listened to it often, years ago, he might have cultivated the kindnesses of life for his own happiness with his own hands, without resorting to the sexton's spade that buried Jacob Marley.

But they didn't devote the whole evening to music. After a while they played at forfeits; for it is good to be children sometimes, and never better than at Christmas, when its mighty Founder was a child himself. Stop! There was first a game at blind-man's buff. Of course there was. And I no more believe Topper was really blind than I believe he had eyes in his boots. My opinion is, that it was a done thing between him and Scrooge's nephew; and that the Ghost of Christmas Present knew it. The way he went after that plump sister in the lace tucker, was an outrage on the credulity of human nature. Knocking down the fire-irons, tumbling over the chairs, bumping against the piano, smothering himself among the curtains, wherever she went, there went he! He always knew where the plump sister was. He wouldn't catch anybody else. If you had fallen up against him (as some of them did), on purpose, he would have made a feint of endeavouring to seize you, which would have been an affront to your understanding, and would instantly have sidled off in the direction of the plump sister. She often cried out that it wasn't fair; and it really was not. But when at last, he caught her; when, in spite of all her silken rustlings, and her rapid flutterings past him, he got her into a corner whence there was no escape; then his conduct was the most execrable. For his pretending not to know her; his pretending that it was necessary to touch her head-dress, and further to assure himself of her identity by pressing a certain ring upon her finger, and a certain chain about her neck; was vile, monstrous! No doubt she told him her opinion of it, when, another blind-man being in office, they were so very confidential together, behind the curtains.

Scrooge's niece was not one of the blind-man's buff party, but was made comfortable with a large chair and a footstool, in a snug corner, where the Ghost and Scrooge were close behind her. But she joined in

el arpa; y tocaba, entre otras melodías, un pequeño y sencillo aire (una mera nadería: se podría aprender a silbarlo en dos minutos), que había sido conocido por el niño que traía a Scrooge del internado, como se lo había recordado el Fantasma de las Navidades Pasadas. Cuando sonó esta música, le vinieron a la mente todas las cosas que el Fantasma le había mostrado; se ablandó más y más; y pensó que si hubiera podido escucharla a menudo, años atrás, podría haber cultivado las bondades de la vida para su propia felicidad con sus propias manos, sin recurrir a la pala del sacristán que enterró a Jacob Marley.

Pero no dedicaron toda la tarde a la música. Al cabo de un rato jugaron a las chapuzas, porque a veces es bueno ser niños, y nunca mejor que en Navidad, cuando su poderoso fundador era un niño. ¡Alto! Primero jugaron a la gallina ciega. Por supuesto que lo hicieron. Y no creo que Topper fuera realmente ciego, como tampoco creo que tuviera ojos en sus botas. Mi opinión es que fue una cosa hecha entre él y el sobrino de Scrooge; y que el Fantasma de la Navidad Presente lo sabía. La forma en que persiguió a la regordeta hermana vestida de encaje fue un ultraje a la credulidad de la naturaleza humana. Derribando los arcos de la chimenea, dando tumbos sobre las sillas, chocando contra el piano, asfixiándose entre las cortinas, ¡dondequiera que fuera ella, iba él! Siempre sabía dónde estaba la hermana regordeta. No cogía a nadie más. Si hubieras caído contra él (como algunos de ellos), a propósito, habría hecho un amago de intentar agarrarte, lo que habría sido una afrenta a tu entendimiento, y al instante se habría alejado en dirección a la hermana regordeta. A menudo gritaba que no era justo; y realmente no lo era. Pero cuando por fin la atrapaba; cuando, a pesar de todos sus crujidos de seda, y de sus rápidos revoloteos junto a él, la metía en un rincón del que no podía escapar; entonces su conducta era de lo más execrable. Porque fingir que no la conocía; fingir que era necesario acariciar su tocado, y además asegurarse de su identidad apretando cierto anillo en su dedo, y cierta cadena en su cuello; era vil, monstruoso. Sin duda, ella le comunicó su opinión al respecto, cuando, estando otro ciego oficiando, se encontraban juntos de forma tan confidencial, detrás de las cortinas.

La sobrina de Scrooge no formaba parte del grupo de los ciegos, sino que se acomodaba, con una gran silla y un escabel, en un rincón acogedor, donde el Fantasma y Scrooge estaban cerca de ella. Pero ella se

the forfeits, and loved her love to admiration with all the letters of the alphabet. Likewise at the game of How, When, and Where, she was very great, and to the secret joy of Scrooge's nephew, beat her sisters hollow: though they were sharp girls too, as Topper could have told you. There might have been twenty people there, young and old, but they all played, and so did Scrooge; for wholly forgetting in the interest he had in what was going on, that his voice made no sound in their ears, he sometimes came out with his guess quite loud, and very often guessed quite right, too; for the sharpest needle, best Whitechapel, warranted not to cut in the eye, was not sharper than Scrooge; blunt as he took it in his head to be.

The Ghost was greatly pleased to find him in this mood, and looked upon him with such favour, that he begged like a boy to be allowed to stay until the guests departed. But this the Spirit said could not be done.

"Here is a new game," said Scrooge. "One half hour, Spirit, only one!"

It was a Game called Yes and No, where Scrooge's nephew had to think of something, and the rest must find out what; he only answering to their questions yes or no, as the case was. The brisk fire of questioning to which he was exposed, elicited from him that he was thinking of an animal, a live animal, rather a disagreeable animal, a savage animal, an animal that growled and grunted sometimes, and talked sometimes, and lived in London, and walked about the streets, and wasn't made a show of, and wasn't led by anybody, and didn't live in a menagerie, and was never killed in a market, and was not a horse, or an ass, or a cow, or a bull, or a tiger, or a dog, or a pig, or a cat, or a bear. At every fresh question that was put to him, this nephew burst into a fresh roar of laughter; and was so inexpressibly tickled, that he was obliged to get up off the sofa and stamp. At last the plump sister, falling into a similar state, cried out:

"I have found it out! I know what it is, Fred! I know what it is!"

"What is it?" cried Fred.

"It's your Uncle Scro-o-o-o-oge!"

unió a las chapuzas, y amó a su amor hasta la admiración con todas las letras del alfabeto. Asimismo, en el juego del «Cómo, Cuándo y Dónde», era muy buena, y para alegría secreta del sobrino de Scrooge, ganaba a sus hermanas con holgura, aunque ellas también eran muy listas, como Topper podría haberle dicho. Debía haber veinte personas allí, jóvenes y viejos, pero todos jugaban, y también Scrooge; pues olvidando por completo, en el interés que tenía por lo que ocurría, que su voz no sonaba en sus oídos, a veces salía con sus conjeturas en voz muy alta, y muy a menudo adivinaba también con bastante acierto; pues la aguja más afilada, la mejor de Whitechapel, con la garantía de no cortar en el ojo, no era más afilada que Scrooge, por muy roma que se considerara.

El Fantasma se alegró mucho de encontrarlo en este estado de ánimo, y lo miró con tal favor, que rogó como un niño que se le permitiera quedarse hasta que los invitados se fueran. Pero el Espíritu dijo que esto no podía hacerse.

«Aquí hay un nuevo juego», dijo Scrooge. «¡Una media hora, Espíritu, sólo una media hora!».

Era un juego llamado «Sí y No», en el que el sobrino de Scrooge tenía que pensar en algo, y los demás debían averiguar lo que era; él sólo respondía a sus preguntas con un sí o un no, según el caso. El enérgico fuego de las preguntas al que estaba expuesto, le sonsacó que estaba pensando en un animal, un animal vivo, más bien un animal desagradable, un animal salvaje, un animal que a veces gruñía y hablaba, y que vivía en Londres, y que caminaba por las calles, y que no era exhibido, y que no era conducido por nadie, y que no vivía en una casa de fieras, y que nunca era matado en un mercado, y que no era un caballo, o un asno, o una vaca, o un toro, o un tigre, o un perro, o un cerdo, o un gato, o un oso. A cada nueva pregunta que se le hacía, este sobrino estallaba en una nueva carcajada; y se sentía tan indeciblemente cosquilleado, que se veía obligado a levantarse del sofá y dar un pisotón. Al final, la regordeta hermana, cayendo en un estado similar, gritó:

«¡Lo he descubierto! ¡Sé lo que es, Fred! ¡Sé lo que es!».

«¿Qué es?», gritó Fred.

«¡Es tu tío Scro-o-o-oge!».

Which it certainly was. Admiration was the universal sentiment, though some objected that the reply to "Is it a bear?" ought to have been "Yes;" inasmuch as an answer in the negative was sufficient to have diverted their thoughts from Mr. Scrooge, supposing they had ever had any tendency that way.

"He has given us plenty of merriment, I am sure," said Fred, "and it would be ungrateful not to drink his health. Here is a glass of mulled wine ready to our hand at the moment; and I say, 'Uncle Scrooge!' "

"Well! Uncle Scrooge!" they cried.

"A Merry Christmas and a Happy New Year to the old man, what-ever he is!" said Scrooge's nephew. "He wouldn't take it from me, but may he have it, nevertheless. Uncle Scrooge!"

Uncle Scrooge had imperceptibly become so gay and light of heart, that he would have pledged the unconscious company in return, and thanked them in an inaudible speech, if the Ghost had given him time. But the whole scene passed off in the breath of the last word spoken by his nephew; and he and the Spirit were again upon their travels.

Much they saw, and far they went, and many homes they visited, but always with a happy end. The Spirit stood beside sick beds, and they were cheerful; on foreign lands, and they were close at home; by struggling men, and they were patient in their greater hope; by poverty, and it was rich. In almshouse, hospital, and jail, in misery's every refuge, where vain man in his little brief authority had not made fast the door, and barred the Spirit out, he left his blessing, and taught Scrooge his precepts.

It was a long night, if it were only a night; but Scrooge had his doubts of this, because the Christmas Holidays appeared to be con-densed into the space of time they passed together. It was strange, too, that while Scrooge remained unaltered in his outward form, the Ghost grew older, clearly older. Scrooge had observed this change, but never spoke of it, until they left a children's Twelfth Night party, when, looking at the Spirit as they stood together in an open place, he

Lo que ciertamente era. La admiración era el sentimiento universal, aunque algunos objetaron que la respuesta a «¿Es un oso?» debería haber sido «Sí», ya que una respuesta negativa era suficiente para desviar sus pensamientos del señor Scrooge, suponiendo que alguna vez hubieran tenido alguna tendencia en ese sentido.

«Con seguridad nos ha divertido mucho», dijo Fred, «y sería ingrato no beber a su salud. Aquí tenemos un vaso de vino caliente a nuestro alcance; y yo digo: "¡Al tío Scrooge!"».

«¡Bien! ¡Al tío Scrooge!», gritaron.

«¡Feliz Navidad y Feliz Año Nuevo para el viejo, sea lo que sea!», dijo el sobrino de Scrooge. «Él no lo tomaría de mí, pero que lo tenga, sin embargo. ¡Al tío Scrooge!».

El tío Scrooge se había vuelto imperceptiblemente tan alegre y ligero de corazón, que habría correspondido a la inconsciente compañía y les habría dado las gracias en un discurso inaudible, si el Fantasma le hubiera dado tiempo. Pero toda la escena se desvaneció con el aliento de la última palabra pronunciada por su sobrino, y él y el Espíritu volvieron a emprender su viaje.

Mucho vieron, y lejos fueron, y muchos hogares visitaron, pero siempre con un final feliz. El Espíritu estuvo junto a lechos de enfermos, y estuvieron alegres; en tierras extranjeras, y estuvieron cerca de casa; junto a hombres que luchaban, y fueron pacientes en su mayor esperanza; junto a la pobreza, y eran ricos. En las casas de beneficencia, en los hospitales y en las cárceles, en todos los refugios de la miseria, donde el hombre vano, en su breve autoridad, no había cerrado la puerta y prohibido la entrada del Espíritu, dejó su bendición y enseñó a Scrooge sus preceptos.

Fue una larga noche, si es que sólo fue una noche; pero Scrooge tenía sus dudas al respecto, porque las fiestas navideñas parecían condensarse en el espacio de tiempo que pasaron juntos. Era extraño, además, que mientras Scrooge permanecía inalterado en su forma exterior, el Fantasma envejecía, claramente. Scrooge había observado este cambio, pero nunca habló de él, hasta que salieron de una fiesta infantil de la Noche de Reyes, cuando, mirando al Espíritu mientras estaban juntos

noticed that its hair was grey.

"Are spirits' lives so short?" asked Scrooge.

"My life upon this globe, is very brief," replied the Ghost. "It ends to-night."

"To-night!" cried Scrooge.

"To-night at midnight. Hark! The time is drawing near."

The chimes were ringing the three quarters past eleven at that moment.

"Forgive me if I am not justified in what I ask," said Scrooge, looking intently at the Spirit's robe, "but I see something strange, and not belonging to yourself, protruding from your skirts. Is it a foot or a claw?"

"It might be a claw, for the flesh there is upon it," was the Spirit's sorrowful reply. "Look here."

From the foldings of its robe, it brought two children; wretched, abject, frightful, hideous, miserable. They knelt down at its feet, and clung upon the outside of its garment.

"Oh, Man! look here. Look, look, down here!" exclaimed the Ghost.

en un lugar abierto, notó que su cabello estaba canoso.

«¿Tan corta es la vida de los espíritus?», preguntó Scrooge.

«Mi vida en este globo es muy breve», respondió el Fantasma. «Termina esta noche».

«¡Esta noche!», gritó Scrooge.

«Esta noche a medianoche. Escucha, la hora se acerca».

Las campanadas daban las once y cuarto en ese momento.

«Perdóname si no estoy justificado en lo que pido», dijo Scrooge, mirando atentamente la túnica del Espíritu, «pero veo algo extraño, y que no te pertenece, que sobresale de tus faldas. ¿Es un pie o una garra?».

«Podría ser una garra, por la carne que hay en ella», fue la penosa respuesta del Espíritu. «Mira aquí».

De los pliegues de su manto, sacó dos niños; desdichados, abyectos, espantosos, horribles, miserables. Se arrodillaron a sus pies y se aferraron al exterior de su manto.

«¡Oh, hombre! mira aquí. Mira, mira, aquí abajo!», exclamó el Fantasma.

They were a boy and girl. Yellow, meagre, ragged, scowling, wolf-ish; but prostrate, too, in their humility. Where graceful youth should have filled their features out, and touched them with its freshest tints, a stale and shrivelled hand, like that of age, had pinched, and twisted them, and pulled them into shreds. Where angels might have sat enthroned, devils lurked, and glared out menacing. No change, no degradation, no perversion of humanity, in any grade, through all the mysteries of wonderful creation, has monsters half so horrible and dread.

Scrooge started back, appalled. Having them shown to him in this

Eran un niño y una niña. Amarillos, escasos, harapientos, con el ceño fruncido, como lobos; pero también postrados en su humildad. Donde la graciosa juventud debería haber llenado sus rasgos, y haberlos tocado con sus tintes más frescos, una mano rancia y arrugada, como la de la edad, los había pellizcado, y retorcido, y hecho jirones. Donde los ángeles podrían haberse sentado entronizados, los demonios acechaban y miraban amenazantes. Ningún cambio, ninguna degradación, ninguna perversión de la humanidad, en cualquier grado, a través de todos los misterios de la maravillosa creación, tiene monstruos tan horribles y temibles.

Scrooge retrocedió, horrorizado. Al mostrársele de esa manera, in-

way, he tried to say they were fine children, but the words choked themselves, rather than be parties to a lie of such enormous magnitude.

"Spirit! are they yours?" Scrooge could say no more.

"They are Man's," said the Spirit, looking down upon them. "And they cling to me, appealing from their fathers. This boy is Ignorance. This girl is Want. Beware them both, and all of their degree, but most of all beware this boy, for on his brow I see that written which is Doom, unless the writing be erased. Deny it!" cried the Spirit, stretching out its hand towards the city. "Slander those who tell it ye! Admit it for your factious purposes, and make it worse. And bide the end!"

"Have they no refuge or resource?" cried Scrooge.

"Are there no prisons?" said the Spirit, turning on him for the last time with his own words. "Are there no workhouses?"

The bell struck twelve.

Scrooge looked about him for the Ghost, and saw it not. As the last stroke ceased to vibrate, he remembered the prediction of old Jacob Marley, and lifting up his eyes, beheld a solemn Phantom, draped and hooded, coming, like a mist along the ground, towards him.

tentó decir que eran buenos niños, pero las palabras se ahogaron solas, antes que ser parte de una mentira de tan enorme magnitud.

«¡Espíritu! ¿Son tuyos?», Scrooge no pudo decir más.

«Son del Hombre», dijo el Espíritu, mirándolos. «Y se aferran a mí, apelando a sus padres. Este niño es la Ignorancia. Esta muchacha es la Carencia. Cuídate de ambos y de todos sus miembros, pero sobre todo cuídate de este muchacho, porque en su frente veo lo que está escrito que es la Perdición, a menos que la escritura sea borrada. ¡Niégalo!», gritó el Espíritu, extendiendo su mano hacia la ciudad. «¡Calumnia a los que te lo cuentan! Admítelo para tus propósitos facciosos, y empeóralo. Y espera el final».

«¿No tienen refugio o recursos?», gritó Scrooge.

«¿No hay cárceles?», dijo el Espíritu, volviéndose por última vez contra él con sus propias palabras. «¿No hay centros de refugio?».

La campana dio las doce.

Scrooge miró a su alrededor buscando al Fantasma, y no lo vio. Cuando el último golpe dejó de vibrar, recordó la predicción del viejo Jacob Marley, y levantando los ojos, vio un solemne Fantasma, cubierto y encapuchado, que venía, como una niebla por el suelo, hacia él.

STAVE FOUR — THE LAST OF THE SPIRITS.

The Phantom slowly, gravely, silently, approached. When it came near him, Scrooge bent down upon his knee; for in the very air through which this Spirit moved it seemed to scatter gloom and mystery.

It was shrouded in a deep black garment, which concealed its head, its face, its form, and left nothing of it visible save one outstretched hand. But for this it would have been difficult to detach its figure from the night, and separate it from the darkness by which it was surrounded.

He felt that it was tall and stately when it came beside him, and that its mysterious presence filled him with a solemn dread. He knew no more, for the Spirit neither spoke nor moved.

"I am in the presence of the Ghost of Christmas Yet To Come?" said Scrooge.

The Spirit answered not, but pointed onward with its hand.

"You are about to show me shadows of the things that have not happened, but will happen in the time before us," Scrooge pursued. "Is that so, Spirit?"

The upper portion of the garment was contracted for an instant in its folds, as if the Spirit had inclined its head. That was the only answer he received.

Although well used to ghostly company by this time, Scrooge feared the silent shape so much that his legs trembled beneath him, and he found that he could hardly stand when he prepared to follow it. The Spirit paused a moment, as observing his condition, and giving him time to recover.

But Scrooge was all the worse for this. It thrilled him with a vague uncertain horror, to know that behind the dusky shroud, there were ghostly eyes intently fixed upon him, while he, though he stretched his own to the utmost, could see nothing but a spectral hand and one great heap of black.

CUARTA ESTROFA — EL ÚLTIMO DE LOS ESPÍRITUS

El Fantasma se acercó lenta, grave y silenciosamente. Cuando llegó cerca de él, Scrooge se dobló sobre sus rodillas; porque en el mismo aire por el que se movía aquel Espíritu parecía esparcir penumbra y misterio.

Estaba envuelto en un profundo manto negro que ocultaba su cabeza, su rostro y su forma, y no dejaba nada visible, salvo una mano extendida. De no ser por esto, habría sido difícil distinguir su figura de la noche y separarla de la oscuridad que la rodeaba.

Sintió que era alto y majestuoso cuando llegó a su lado, y que su misteriosa presencia lo llenaba de un solemne temor. No supo más, pues el Espíritu ni hablaba ni se movía.

«¿Estoy en presencia del Fantasma de las Navidades Venideras?», dijo Scrooge.

El Espíritu no respondió, sino que señaló hacia adelante con su mano.

«Estás a punto de mostrarme sombras de las cosas que no han sucedido, pero que sucederán en el tiempo que nos espera», prosiguió Scrooge. «¿Es así, Espíritu?».

La parte superior del vestido se contrajo un instante en sus pliegues, como si el Espíritu hubiera inclinado la cabeza. Fue la única respuesta que recibió.

Aunque ya estaba acostumbrado a la compañía de los fantasmas, Scrooge temía tanto a aquella figura silenciosa que le temblaban las piernas y apenas podía tenerse en pie cuando se dispuso a seguirla. El Espíritu se detuvo un momento, como observando su estado y dándole tiempo para recuperarse.

Pero Scrooge se sentía aún peor. Le estremecía con un vago e incierto horror saber que detrás de la mortaja oscura había unos ojos de Fantasma fijos en él, mientras que él, aunque esforzaba los suyos al máximo, no podía ver más que una mano espectral y una enorme oscuridad.

"Ghost of the Future!" he exclaimed, "I fear you more than any spectre I have seen. But as I know your purpose is to do me good, and as I hope to live to be another man from what I was, I am prepared to bear you company, and do it with a thankful heart. Will you not speak to me?"

It gave him no reply. The hand was pointed straight before them.

"Lead on!" said Scrooge. "Lead on! The night is waning fast, and it is precious time to me, I know. Lead on, Spirit!"

The Phantom moved away as it had come towards him. Scrooge followed in the shadow of its dress, which bore him up, he thought, and carried him along.

They scarcely seemed to enter the city; for the city rather seemed to spring up about them, and encompass them of its own act. But there they were, in the heart of it; on 'Change, amongst the merchants; who hurried up and down, and chinked the money in their pockets, and conversed in groups, and looked at their watches, and trifled thoughtfully with their great gold seals; and so forth, as Scrooge had seen them often.

The Spirit stopped beside one little knot of business men. Observing that the hand was pointed to them, Scrooge advanced to listen to their talk.

"No," said a great fat man with a monstrous chin, "I don't know much about it, either way. I only know he's dead."

"When did he die?" inquired another.

"Last night, I believe."

"Why, what was the matter with him?" asked a third, taking a vast quantity of snuff out of a very large snuff-box. "I thought he'd never die."

"God knows," said the first, with a yawn.

«Fantasma del Futuro», exclamó, «te temo más que a cualquier espectro que haya visto. Pero como sé que tu propósito es hacerme el bien, y como espero vivir para ser otro hombre de lo que fui, estoy dispuesto a hacerte compañía, y a hacerlo con un corazón agradecido. ¿No me hablarás?».

No le dio ninguna respuesta. La mano apuntaba directamente hacia ellos.

«¡Adelante!», dijo Scrooge. «¡Adelante! La noche está menguando rápidamente, y es un tiempo precioso para mí, lo sé. ¡Adelante, Espíritu!».

El Fantasma se alejó como había venido hacia él. Scrooge lo siguió a la sombra de su vestido, que lo sostenía, pensó, y lo llevaba consigo.

Apenas parecían haber entrado en la ciudad, pues ésta más bien parecía surgir a su alrededor y rodearlos por su propio impulso. Pero allí estaban, en el corazón de la ciudad, en la Bolsa, entre los mercaderes, que se apresuraban a subir y bajar, y chasqueaban el dinero en sus bolsillos, y conversaban en grupos, y miraban sus relojes, y jugueteaban pensativamente con sus grandes sellos de oro, y así sucesivamente, como Scrooge los había visto a menudo.

El Espíritu se detuvo junto a un pequeño grupo de hombres de negocios. Observando que la mano les señalaba, Scrooge avanzó para escuchar su conversación.

«No», dijo un gran hombre gordo con una barbilla monstruosa, «no sé mucho al respecto, de cualquier manera. Sólo sé que él está muerto».

«¿Cuándo murió?», preguntó otro.

«Anoche, creo».

«¿Qué le pasaba?», preguntó un tercero, sacando una gran cantidad de rapé de una tabaquera muy grande. «Pensé que nunca moriría».

«Dios sabe», dijo el primero, con un bostezo.

"What has he done with his money?" asked a red-faced gentleman with a pendulous excrescence on the end of his nose, that shook like the gills of a turkey-cock.

"I haven't heard," said the man with the large chin, yawning again. "Left it to his company, perhaps. He hasn't left it to me. That's all I know."

This pleasantry was received with a general laugh.

"It's likely to be a very cheap funeral," said the same speaker; "for upon my life I don't know of anybody to go to it. Suppose we make up a party and volunteer?"

"I don't mind going if a lunch is provided," observed the gentleman with the excrescence on his nose. "But I must be fed, if I make one."

Another laugh.

"Well, I am the most disinterested among you, after all," said the first speaker, "for I never wear black gloves, and I never eat lunch. But I'll offer to go, if anybody else will. When I come to think of it, I'm not at all sure that I wasn't his most particular friend; for we used to stop and speak whenever we met. Bye, bye!"

Speakers and listeners strolled away, and mixed with other groups. Scrooge knew the men, and looked towards the Spirit for an explanation.

The Phantom glided on into a street. Its finger pointed to two persons meeting. Scrooge listened again, thinking that the explanation might lie here.

He knew these men, also, perfectly. They were men of business: very wealthy, and of great importance. He had made a point always of standing well in their esteem: in a business point of view, that is; strictly in a business point of view.

"How are you?" said one.

«¿Qué ha hecho con su dinero?», preguntó un caballero con la cara roja y una excrecencia colgante en el extremo de la nariz, que temblaba como las branquias de un pavo.

«No me he enterado», dijo el hombre de la gran barbilla, bostezando de nuevo. «Se lo ha dejado a su compañía, tal vez. No me lo ha dejado a mí. Eso es todo lo que sé».

Esta broma fue recibida con una carcajada general.

«Es probable que sea un funeral muy barato», dijo el mismo orador; «pues por mi vida que no conozco a nadie que vaya a él. Tal vez tengamos que formar un grupo y ofrecernos como voluntarios».

«No me importa ir si me proporcionan un almuerzo», observó el caballero con la excrecencia en la nariz. «Pero debo ser alimentado, si voy».

Otra carcajada.

«Bueno, al fin y al cabo yo soy el más desinteresado entre ustedes», dijo el primer orador, «porque nunca llevo guantes negros y nunca almuerzo. Pero me ofrezco a ir, si alguien más quiere. Ahora que lo pienso, no estoy del todo seguro de no haber sido su amigo más particular; pues solíamos pararnos a hablar siempre que nos encontrábamos. ¡Adiós, adiós!».

Los oradores y los oyentes se alejaron y se mezclaron con otros grupos. Scrooge conocía a los hombres y miró al Espíritu en busca de una explicación.

El Fantasma se deslizó hasta una calle. Su dedo señalaba a dos personas que se encontraban. Scrooge escuchó de nuevo, pensando que la explicación podría estar aquí.

También conocía perfectamente a estos hombres. Eran hombres de negocios: muy ricos y de gran importancia. Siempre se había preocupado de ser bien considerado por ellos, es decir, desde el punto de vista de los negocios, estrictamente desde el punto de vista de los negocios.

«¿Cómo estás?», dijo uno.

"How are you?" returned the other.

"Well!" said the first. "Old Scratch has got his own at last, hey?"

"So I am told," returned the second. "Cold, isn't it?"

"Seasonable for Christmas time. You're not a skater, I suppose?"

"No. No. Something else to think of. Good morning!"

Not another word. That was their meeting, their conversation, and their parting.

Scrooge was at first inclined to be surprised that the Spirit should attach importance to conversations apparently so trivial; but feeling assured that they must have some hidden purpose, he set himself to consider what it was likely to be. They could scarcely be supposed to have any bearing on the death of Jacob, his old partner, for that was Past, and this Ghost's province was the Future. Nor could he think of any one immediately connected with himself, to whom he could apply them. But nothing doubting that to whomsoever they applied they had some latent moral for his own improvement, he resolved to treasure up every word he heard, and everything he saw; and especially to observe the shadow of himself when it appeared. For he had an expectation that the conduct of his future self would give him the clue he missed, and would render the solution of these riddles easy.

He looked about in that very place for his own image; but another man stood in his accustomed corner, and though the clock pointed to his usual time of day for being there, he saw no likeness of himself among the multitudes that poured in through the Porch. It gave him little surprise, however; for he had been revolving in his mind a change of life, and thought and hoped he saw his new-born resolutions carried out in this.

Quiet and dark, beside him stood the Phantom, with its outstretched hand. When he roused himself from his thoughtful quest, he fancied from the turn of the hand, and its situation in reference to himself, that the Unseen Eyes were looking at him keenly. It made him shudder, and feel very cold.

«¿Cómo estás?», respondió el otro.

«¡Vaya!», dijo el primero. «El viejo Scratch por fin tiene lo suyo, ¿eh?».

«Eso me han dicho», respondió el segundo. «Hace frío, ¿verdad?».

«Adecuado para la época navideña. Supongo que no patinas».

«No. No. Otra cosa en la que pensar. ¡Que tengas un buen día!».

Ni una palabra más. Ese fue su encuentro, su conversación y su despedida.

Al principio Scrooge se sintió sorprendido de que el Espíritu diera importancia a conversaciones aparentemente tan triviales; pero convencido de que debían tener algún propósito oculto, se puso a considerar cuál podría ser. Apenas podía suponerse que tuvieran alguna relación con la muerte de Jacob, su antiguo compañero, pues eso era el pasado, y la provincia de este Fantasma era el Futuro. Tampoco podía pensar en nadie relacionado inmediatamente con él, a quien pudiera aplicárselas. Pero no dudando de que a quienquiera que se aplicasen tenían alguna moraleja latente para su propia mejora, resolvió atesorar cada palabra que oyese y todo lo que viese, y especialmente observar la sombra de sí mismo cuando apareciese. Porque esperaba que la conducta de su futuro yo le diera la pista que le faltaba y le facilitara la solución de estos enigmas.

Buscó en aquel mismo lugar su propia imagen; pero otro hombre estaba en su rincón habitual, y aunque el reloj señalaba su hora habitual para estar allí, no vio ninguna semejanza suya entre la multitud que entraba a raudales por el Pórtico. Sin embargo, no le causó gran sorpresa, pues había estado dándole vueltas en la cabeza a un cambio de vida, y pensaba y esperaba ver cumplidos en ello sus recién nacidos propósitos.

Silencioso y oscuro, junto a él estaba el Fantasma, con la mano extendida. Cuando despertó de su meditabunda búsqueda, creyó, por el giro de la mano y su situación en relación con él mismo, que los Ojos Invisibles le miraban atentamente. Aquello le hizo estremecerse y sentir mucho frío.

They left the busy scene, and went into an obscure part of the town, where Scrooge had never penetrated before, although he recognised its situation, and its bad repute. The ways were foul and narrow; the shops and houses wretched; the people half-naked, drunken, slip-shod, ugly. Alleys and archways, like so many cesspools, disgorged their offences of smell, and dirt, and life, upon the straggling streets; and the whole quarter reeked with crime, with filth, and misery.

Far in this den of infamous resort, there was a low-browed, beetling shop, below a pent-house roof, where iron, old rags, bottles, bones, and greasy offal, were bought. Upon the floor within, were piled up heaps of rusty keys, nails, chains, hinges, files, scales, weights, and refuse iron of all kinds. Secrets that few would like to scrutinise were bred and hidden in mountains of unseemly rags, masses of corrupted fat, and sepulchres of bones. Sitting in among the wares he dealt in, by a charcoal stove, made of old bricks, was a grey-haired rascal, nearly seventy years of age; who had screened himself from the cold air without, by a frousy curtaining of miscellaneous tatters, hung upon a line; and smoked his pipe in all the luxury of calm retirement.

Scrooge and the Phantom came into the presence of this man, just as a woman with a heavy bundle slunk into the shop. But she had scarcely entered, when another woman, similarly laden, came in too; and she was closely followed by a man in faded black, who was no less startled by the sight of them, than they had been upon the recognition of each other. After a short period of blank astonishment, in which the old man with the pipe had joined them, they all three burst into a laugh.

"Let the charwoman alone to be the first!" cried she who had entered first. "Let the laundress alone to be the second; and let the undertaker's man alone to be the third. Look here, old Joe, here's a chance! If we haven't all three met here without meaning it!"

"You couldn't have met in a better place," said old Joe, removing his pipe from his mouth. "Come into the parlour. You were made free of it long ago, you know; and the other two an't strangers. Stop till I shut the door of the shop. Ah! How it skreeks! There an't such a rusty bit of metal in the place as its own hinges, I believe; and I'm sure there's no

Abandonaron la bulliciosa escena y se adentraron en una oscura parte de la ciudad, donde Scrooge no había penetrado nunca, aunque reconocía su situación y su mala reputación. Los caminos eran sucios y estrechos, las tiendas y las casas miserables, la gente medio desnuda, borracha, descuidada y fea. Callejones y arcos, como tantos pozos negros, arrojaban sus ofensas de olor, suciedad y vida a las calles rezagadas; y todo el barrio apestaba a crimen, suciedad y miseria.

Lejos, en este antro de infames recursos, había una tienda de baja estofa, bajo el tejado de un cobertizo, donde se compraba hierro, trapos viejos, botellas, huesos y despojos grasientos. En el suelo se amontonaban llaves oxidadas, clavos, cadenas, bisagras, limas, balanzas, pesas y desechos de hierro de todo tipo. En montañas de harapos indecorosos, masas de grasa corrompida y sepulcros de huesos se criaban y ocultaban secretos que pocos querrían escudriñar. Sentado entre las mercancías que vendía, junto a una estufa de carbón, hecha de viejos ladrillos, había un granuja de pelo gris, de casi setenta años, que se había protegido del frío aire exterior con una frondosa cortina de harapos varios, colgada de un tendal, y fumaba su pipa con todo el lujo de un tranquilo retiro.

Scrooge y el Fantasma llegaron a la presencia de este hombre, justo cuando una mujer con un pesado fardo se deslizaba en la tienda. Pero apenas había entrado, cuando otra mujer, igualmente cargada, entró también, seguida de cerca por un hombre vestido de negro desteñido, que no se sobresaltó menos al verlos que ellos al reconocerse. Tras un breve período de asombro, en el que el anciano de la pipa se había unido a ellos, los tres estallaron en carcajadas.

«¡Que la mujer de la limpieza sea la primera!», gritó la que había entrado primero. «Que la lavandera sea la segunda, y que el enterrador sea el tercero. Mira, viejo Joe, ¡aquí tienes una oportunidad! ¡Si no nos hubiéramos reunido aquí los tres sin querer!».

«No podrían haberse encontrado en mejor lugar», dijo el viejo Joe, quitándose la pipa de la boca. «Vengan al salón. Hace tiempo que se libraron de él, ya lo saben; y los otros dos no son extraños. Deténganse hasta que cierre la puerta de la tienda. ¡Ah! ¡Cómo chirría! No hay un trozo de metal tan oxidado en el lugar como sus propias bisagras, creo;

such old bones here, as mine. Ha, ha! We're all suitable to our calling, we're well matched. Come into the parlour. Come into the parlour."

The parlour was the space behind the screen of rags. The old man raked the fire together with an old stair-rod, and having trimmed his smoky lamp (for it was night), with the stem of his pipe, put it in his mouth again.

While he did this, the woman who had already spoken threw her bundle on the floor, and sat down in a flaunting manner on a stool; crossing her elbows on her knees, and looking with a bold defiance at the other two.

"What odds then! What odds, Mrs. Dilber?" said the woman. "Every person has a right to take care of themselves. He always did."

"That's true, indeed!" said the laundress. "No man more so."

"Why then, don't stand staring as if you was afraid, woman; who's the wiser? We're not going to pick holes in each other's coats, I suppose?"

"No, indeed!" said Mrs. Dilber and the man together. "We should hope not."

"Very well, then!" cried the woman. "That's enough. Who's the worse for the loss of a few things like these? Not a dead man, I suppose."

"No, indeed," said Mrs. Dilber, laughing.

"If he wanted to keep 'em after he was dead, a wicked old screw," pursued the woman, "why wasn't he natural in his lifetime? If he had been, he'd have had somebody to look after him when he was struck with Death, instead of lying gasping out his last there, alone by himself."

y estoy seguro de que no hay huesos tan viejos aquí, como los míos. ¡Ja, ja! Todos somos adecuados para nuestra vocación, estamos bien emparejados. Entren al salón. Entren al salón».

El salón era el espacio que quedaba tras el biombo de trapos. El viejo rastrilló el fuego con una vieja varilla de escalera y, tras recortar su humeante lámpara (pues era de noche) con el tallo de su pipa, se la llevó de nuevo a la boca.

Mientras él hacía esto, la mujer que acababa de hablar arrojó su fardo al suelo y se sentó de forma ostentosa en un taburete; cruzó los codos sobre las rodillas y miró con atrevido desafío a los otros dos.

«¡Qué probabilidades entonces! ¿Qué probabilidades, señora Dilber?», dijo la mujer. «Toda persona tiene derecho a cuidar de sí misma. Él siempre lo hizo».

«¡Eso es verdad!», dijo la lavandera. «Ningún hombre lo hizo más que él».

«Entonces, no te quedes mirando como si tuvieras miedo, mujer; ¿quién es el más sabio? No vamos a hacer agujeros en los abrigos de los demás, supongo».

«¡No, en efecto!», dijeron la señora Dilber y el hombre juntos. «Esperemos que no».

«¡Muy bien, entonces!», gritó la mujer. «Es suficiente. ¿Quién es el más perjudicado por la pérdida de unas pocas cosas como éstas? No un hombre muerto, supongo».

«No, desde luego», dijo la señora Dilber, riendo.

«Si quería conservarlas después de muerto, viejo malvado», prosiguió la mujer, «¿por qué no fue como todos en vida? Si lo hubiera sido, habría tenido a alguien que cuidara de él cuando le sobrevino la Muerte, en lugar de yacer jadeando su último suspiro allí, solo consigo mismo».

"It's the truest word that ever was spoke," said Mrs. Dilber. "It's a judgment on him."

"I wish it was a little heavier judgment," replied the woman; "and it should have been, you may depend upon it, if I could have laid my hands on anything else. Open that bundle, old Joe, and let me know the value of it. Speak out plain. I'm not afraid to be the first, nor afraid for them to see it. We know pretty well that we were helping ourselves, before we met here, I believe. It's no sin. Open the bundle, Joe."

But the gallantry of her friends would not allow of this; and the man in faded black, mounting the breach first, produced his plunder. It was not extensive. A seal or two, a pencil-case, a pair of sleeve-buttons, and a brooch of no great value, were all. They were severally examined and appraised by old Joe, who chalked the sums he was disposed to give for each, upon the wall, and added them up into a total when he found there was nothing more to come.

"That's your account," said Joe, "and I wouldn't give another sixpence, if I was to be boiled for not doing it. Who's next?"

Mrs. Dilber was next. Sheets and towels, a little wearing apparel, two old-fashioned silver teaspoons, a pair of sugar-tongs, and a few boots. Her account was stated on the wall in the same manner.

"I always give too much to ladies. It's a weakness of mine, and that's the way I ruin myself," said old Joe. "That's your account. If you asked me for another penny, and made it an open question, I'd repent of being so liberal and knock off half-a-crown."

"And now undo my bundle, Joe," said the first woman.

Joe went down on his knees for the greater convenience of opening it, and having unfastened a great many knots, dragged out a large and heavy roll of some dark stuff.

"What do you call this?" said Joe. "Bed-curtains!"

«Es la palabra más cierta que jamás se haya dicho», dijo la señora Dilber. «Es un juicio sobre él».

«Desearía que fuera un juicio un poco más severo», replicó la mujer; «y debería haberlo sido, puedes estar segura, si hubiera podido poner mis manos sobre cualquier otra cosa. Abre ese paquete, viejo Joe, y hazme saber su valor. Habla claro. No tengo miedo de ser la primera, ni de que lo vean. Sabemos muy bien que nos ayudábamos a nosotros mismos, antes de encontrarnos aquí, creo. No es ningún pecado. Abre el paquete, Joe».

Pero la gallardía de sus amigos no lo permitió, y el hombre de negro desteñido, abriéndose paso primero, sacó su botín. No era mucho. Un sello o dos, un estuche de lápices, un par de botones de manga y un broche de no gran valor, era todo. El viejo Joe los examinó y valoró por separado, y anotó en la pared las sumas que estaba dispuesto a dar por cada objeto, y las sumó en un total cuando se dio cuenta de que no había nada más.

«Esa es tu cuenta», dijo Joe, «y no daría ni un penique más, aunque me hirvieran vivo por no hacerlo. ¿Quién sigue?».

La señora Dilber era la siguiente. Sábanas y toallas, un poco de ropa de vestir, dos cucharillas de plata pasadas de moda, un par de pinzas para el azúcar y unas botas. Su cuenta estaba indicada en la pared de la misma manera.

«Siempre doy demasiado a las damas. Es una debilidad mía, y así es como me arruino», dijo el viejo Joe. «Esa es tu cuenta. Si me pidieras otro penique, y lo dejaras como una cuestión posible, me arrepentiría de ser tan liberal y te rebajaría media corona».

«Y ahora desata mi paquete, Joe», dijo la primera mujer.

Joe se arrodilló para abrirlo con más comodidad y, tras desatar muchos nudos, sacó un rollo grande y pesado de un material oscuro.

«¿Cómo llamas a esto?», dijo Joe. «¡Cortinas de cama!».

"Ah!" returned the woman, laughing and leaning forward on her crossed arms. "Bed-curtains!"

"You don't mean to say you took 'em down, rings and all, with him lying there?" said Joe.

"Yes I do," replied the woman. "Why not?"

"You were born to make your fortune," said Joe, "and you'll certainly do it."

"I certainly shan't hold my hand, when I can get anything in it by reaching it out, for the sake of such a man as He was, I promise you, Joe," returned the woman coolly. "Don't drop that oil upon the blankets, now."

"His blankets?" asked Joe.

"Whose else's do you think?" replied the woman. "He isn't likely to take cold without 'em, I dare say."

"I hope he didn't die of anything catching? Eh?" said old Joe, stopping in his work, and looking up.

"Don't you be afraid of that," returned the woman. "I an't so fond of his company that I'd loiter about him for such things, if he did. Ah! you may look through that shirt till your eyes ache; but you won't find a hole in it, nor a threadbare place. It's the best he had, and a fine one too. They'd have wasted it, if it hadn't been for me."

"What do you call wasting of it?" asked old Joe.

"Putting it on him to be buried in, to be sure," replied the woman with a laugh. "Somebody was fool enough to do it, but I took it off again. If calico an't good enough for such a purpose, it isn't good enough for anything. It's quite as becoming to the body. He can't look uglier than he did in that one."

Scrooge listened to this dialogue in horror. As they sat grouped about their spoil, in the scanty light afforded by the old man's lamp,

«¡Ah!», replicó la mujer, riendo e inclinándose hacia delante sobre sus brazos cruzados. «¡Cortinas de cama!».

«¿No querrás decir que las bajaste, con anillos y todo, con él allí tirado?», dijo Joe.

«Sí, quiero decir eso», respondió la mujer. «¿Por qué no?».

«Naciste para hacer fortuna», dijo Joe, «y sin duda lo harás».

«Ciertamente no retendré mi mano, cuando pueda conseguir cualquier cosa extendiéndola, por el bien de un hombre como era Él, te lo prometo, Joe», respondió la mujer con frialdad. «No dejes caer ese aceite sobre las mantas, ahora».

«¿Sus mantas?», preguntó Joe.

«¿De quién más crees?», replicó la mujer. «No es probable que tome frío sin ellas, me atrevo a decir».

«¿Espero que no haya muerto de algo contagioso? ¿Eh?», dijo el viejo Joe, deteniéndose en su trabajo y levantando la vista.

«No temas por eso», respondió la mujer. «No me gusta tanto su compañía como para merodear a su alrededor en busca de esas cosas, si él lo hiciera. Ah, puedes mirar esa camisa hasta que te duelan los ojos, pero no encontrarás en ella ni un agujero ni un hilo raído. Es la mejor que tenía, y muy buena. De no ser por mí, la habrían estropeado».

«¿Qué sería estropearla?», preguntó el viejo Joe.

«Ponérsela para que lo entierren, seguro», respondió la mujer riendo. «Alguien fue lo bastante tonto como para hacerlo, pero yo se la quité de nuevo. Si el percal no sirve para eso, no sirve para nada. Es igual de apropiado para el cuerpo. No podría estar más feo que con ése».

Scrooge escuchó este diálogo con horror. Mientras estaban sentados alrededor de su botín, a la escasa luz que proporcionaba la lámpara del

he viewed them with a detestation and disgust, which could hardly have been greater, though they had been obscene demons, marketing the corpse itself.

"Ha, ha!" laughed the same woman, when old Joe, producing a flannel bag with money in it, told out their several gains upon the ground. "This is the end of it, you see! He frightened every one away from him when he was alive, to profit us when he was dead! Ha, ha, ha!"

"Spirit!" said Scrooge, shuddering from head to foot. "I see, I see. The case of this unhappy man might be my own. My life tends that way, now. Merciful Heaven, what is this!"

He recoiled in terror, for the scene had changed, and now he almost touched a bed: a bare, uncurtained bed: on which, beneath a ragged sheet, there lay a something covered up, which, though it was dumb, announced itself in awful language.

The room was very dark, too dark to be observed with any accuracy, though Scrooge glanced round it in obedience to a secret impulse, anxious to know what kind of room it was. A pale light, rising in the outer air, fell straight upon the bed; and on it, plundered and bereft, unwatched, unwept, uncared for, was the body of this man.

Scrooge glanced towards the Phantom. Its steady hand was pointed to the head. The cover was so carelessly adjusted that the slightest raising of it, the motion of a finger upon Scrooge's part, would have disclosed the face. He thought of it, felt how easy it would be to do, and longed to do it; but had no more power to withdraw the veil than to dismiss the spectre at his side.

Oh cold, cold, rigid, dreadful Death, set up thine altar here, and dress it with such terrors as thou hast at thy command: for this is thy dominion! But of the loved, revered, and honoured head, thou canst not turn one hair to thy dread purposes, or make one feature odious. It is not that the hand is heavy and will fall down when released; it is not that the heart and pulse are still; but that the hand was open, generous, and true; the heart brave, warm, and tender; and the pulse a man's. Strike, Shadow, strike! And see his good deeds springing from

anciano, los contempló con una detestación y repugnancia que difícilmente podrían haber sido mayores, aunque hubiesen sido demonios obscenos, comercializando el cadáver mismo.

«¡Ja, ja!», rió la misma mujer, cuando el viejo Joe, sacando una bolsa de franela con dinero dentro, contó sus diversas ganancias sobre el suelo. «¡Este es el final, ya ves! Espantó a todo el mundo cuando estaba vivo, para beneficiarnos a nosotros cuando estaba muerto. ¡Ja, ja, ja!».

«¡Espíritu!», dijo Scrooge, estremeciéndose de pies a cabeza. «Ya veo, ya veo. El caso de este infeliz podría ser el mío. Mi vida tiende a eso, ahora. ¡Cielo misericordioso, qué es esto!».

Retrocedió aterrorizado, pues la escena había cambiado, y ahora casi tocaba una cama: una cama desnuda, sin cortinas: sobre la cual, bajo una sábana raída, yacía tapado algo que, aunque mudo, se anunciaba en un lenguaje espantoso.

La habitación estaba muy oscura, demasiado oscura para ser observada con precisión, aunque Scrooge la recorrió con la mirada obedeciendo a un impulso secreto, ansioso por saber qué clase de habitación era. Una pálida luz, que se elevaba en el aire exterior, cayó directamente sobre la cama; y en ella, saqueado y despojado, sin vigilancia, sin ser llorado, sin cuidados, estaba el cuerpo de aquel hombre.

Scrooge miró hacia el Fantasma. Su mano firme apuntaba a la cabeza. La cubierta estaba tan descuidadamente ajustada que el más leve levantamiento de la misma, el movimiento de un dedo por parte de Scrooge, habría descubierto el rostro. Pensó en ello, sintió lo fácil que sería hacerlo, y anheló hacerlo; pero no tenía más poder para retirar el velo que para deshacerse del espectro a su lado.

Oh fría, fría, rígida, espantosa Muerte, erige aquí tu altar, y vístelo con los terrores que tengas a bien: ¡pues éste es tu dominio! Pero de la cabeza amada, venerada y honrada, no puedes volver un solo cabello a tus temibles propósitos, ni hacer odioso un solo rasgo. No es que la mano sea pesada y se caiga cuando la sueltes; no es que el corazón y el pulso estén quietos; sino que la mano estaba abierta, generosa y verdadera; el corazón valiente, cálido y tierno; y el pulso de un hombre. ¡Golpea, Sombra, golpea! ¡Y ver sus buenas acciones que brotan de la herida, para

the wound, to sow the world with life immortal!

No voice pronounced these words in Scrooge's ears, and yet he heard them when he looked upon the bed. He thought, if this man could be raised up now, what would be his foremost thoughts? Avarice, hard-dealing, griping cares? They have brought him to a rich end, truly!

He lay, in the dark empty house, with not a man, a woman, or a child, to say that he was kind to me in this or that, and for the memory of one kind word I will be kind to him. A cat was tearing at the door, and there was a sound of gnawing rats beneath the hearth-stone. What they wanted in the room of death, and why they were so restless and disturbed, Scrooge did not dare to think.

"Spirit!" he said, "this is a fearful place. In leaving it, I shall not leave its lesson, trust me. Let us go!"

Still the Ghost pointed with an unmoved finger to the head.

"I understand you," Scrooge returned, "and I would do it, if I could. But I have not the power, Spirit. I have not the power."

Again it seemed to look upon him.

"If there is any person in the town, who feels emotion caused by this man's death," said Scrooge quite agonised, "show that person to me, Spirit, I beseech you!"

The Phantom spread its dark robe before him for a moment, like a wing; and withdrawing it, revealed a room by daylight, where a mother and her children were.

She was expecting some one, and with anxious eagerness; for she walked up and down the room; started at every sound; looked out from the window; glanced at the clock; tried, but in vain, to work with her needle; and could hardly bear the voices of the children in their play.

At length the long-expected knock was heard. She hurried to the

sembrar el mundo con la vida inmortal!

Ninguna voz pronunció estas palabras a los oídos de Scrooge, y sin embargo las oyó cuando miró la cama. Pensó: si este hombre pudiera levantarse ahora, ¿cuáles serían sus pensamientos más íntimos? ¿La avaricia, la dureza, las preocupaciones penosas? Estas lo han llevado a un rico final, ¡verdaderamente!

Yacía en la casa oscura y vacía, sin un hombre, una mujer o un niño que dijera que fue amable conmigo en esto o aquello, y por el recuerdo de una palabra amable seré amable con él. Un gato rasgaba la puerta, y se oía el ruido de ratas royendo bajo la piedra del hogar. Scrooge no se atrevía a pensar qué querían en la habitación de la muerte y por qué estaban tan inquietas y perturbadas.

«¡Espíritu!», dijo, «este es un lugar temible. Al dejarlo, no dejaré su lección, créeme. Vámonos».

Aún así, el Fantasma señaló con un dedo impasible a la cabeza.

«Te comprendo», respondió Scrooge, «y lo haría si pudiera. Pero no tengo el poder, Espíritu. No tengo el poder».

De nuevo pareció mirarle.

«Si hay alguna persona en la ciudad, que sienta emoción causada por la muerte de este hombre», dijo Scrooge bastante agonizante, «¡muéstrame a esa persona, Espíritu, te lo suplico!».

El Fantasma extendió su oscuro manto ante él por un momento, como un ala; y al retirarlo, reveló una habitación a la luz del día, donde estaban una madre y sus hijos.

Esperaba a alguien, y con ansiosa impaciencia; pues caminaba arriba y abajo por la habitación; se sobresaltaba a cada ruido; miraba por la ventana; echaba un vistazo al reloj; intentaba, pero en vano, trabajar con su aguja; y apenas podía soportar las voces de los niños en sus juegos.

Por fin se oyó la llamada tan esperada. Se apresuró hacia la puerta y

door, and met her husband; a man whose face was careworn and depressed, though he was young. There was a remarkable expression in it now; a kind of serious delight of which he felt ashamed, and which he struggled to repress.

He sat down to the dinner that had been hoarding for him by the fire; and when she asked him faintly what news (which was not until after a long silence), he appeared embarrassed how to answer.

"Is it good?" she said, "or bad?"—to help him.

"Bad," he answered.

"We are quite ruined?"

"No. There is hope yet, Caroline."

"If he relents," she said, amazed, "there is! Nothing is past hope, if such a miracle has happened."

"He is past relenting," said her husband. "He is dead."

She was a mild and patient creature if her face spoke truth; but she was thankful in her soul to hear it, and she said so, with clasped hands. She prayed forgiveness the next moment, and was sorry; but the first was the emotion of her heart.

"What the half-drunken woman whom I told you of last night, said to me, when I tried to see him and obtain a week's delay; and what I thought was a mere excuse to avoid me; turns out to have been quite true. He was not only very ill, but dying, then."

"To whom will our debt be transferred?"

"I don't know. But before that time we shall be ready with the money; and even though we were not, it would be a bad fortune indeed to find so merciless a creditor in his successor. We may sleep to-night with light hearts, Caroline!"

se encontró con su marido, un hombre de rostro cansado y deprimido, aunque joven. Ahora había en él una expresión notable; una especie de serio deleite del que se avergonzaba y que luchaba por reprimir.

Se sentó a tomar la cena que le habían preparado junto al fuego; y cuando ella le preguntó débilmente qué noticias tenía (lo que no ocurrió hasta después de un largo silencio), él pareció avergonzado de cómo responder.

«¿Es bueno?», dijo ella, «¿o malo?»… para ayudarle.

«Malo», respondió.

«¿Estamos en la ruina?».

«No. Todavía hay esperanza, Caroline».

«Si cede», dijo ella, asombrada, «¡la hay! Nada está más allá de la esperanza, si tal milagro ha sucedido».

«Ya no cede», dijo su marido. «Está muerto».

Era una criatura apacible y paciente si su rostro decía la verdad; pero estaba agradecida en el alma de oírlo, y así lo dijo, con las manos entrelazadas. Pidió perdón al momento siguiente, y se arrepintió; pero lo primero fue la emoción de su corazón.

«Lo que me dijo la mujer medio borracha de la que te hablé anoche, cuando intenté verle y obtener un aplazamiento de una semana; y lo que pensé que era una mera excusa para evitarme; resulta que era muy cierto. No sólo estaba muy enfermo, sino moribundo, en ese momento».

«¿A quién se transferirá nuestra deuda?».

«No lo sé. Pero antes de ese momento estaremos listos con el dinero; y aunque no lo estuviéramos, sería una mala fortuna encontrar un acreedor tan despiadado en su sucesor. Podemos dormir esta noche con el corazón ligero, Caroline».

Yes. Soften it as they would, their hearts were lighter. The children's faces, hushed and clustered round to hear what they so little understood, were brighter; and it was a happier house for this man's death! The only emotion that the Ghost could show him, caused by the event, was one of pleasure.

"Let me see some tenderness connected with a death," said Scrooge; "or that dark chamber, Spirit, which we left just now, will be for ever present to me."

The Ghost conducted him through several streets familiar to his feet; and as they went along, Scrooge looked here and there to find himself, but nowhere was he to be seen. They entered poor Bob Cratchit's house; the dwelling he had visited before; and found the mother and the children seated round the fire.

Quiet. Very quiet. The noisy little Cratchits were as still as statues in one corner, and sat looking up at Peter, who had a book before him. The mother and her daughters were engaged in sewing. But surely they were very quiet!

" 'And He took a child, and set him in the midst of them.' "

Where had Scrooge heard those words? He had not dreamed them. The boy must have read them out, as he and the Spirit crossed the threshold. Why did he not go on?

The mother laid her work upon the table, and put her hand up to her face.

"The colour hurts my eyes," she said.

The colour? Ah, poor Tiny Tim!

"They're better now again," said Cratchit's wife. "It makes them weak by candle-light; and I wouldn't show weak eyes to your father when he comes home, for the world. It must be near his time."

"Past it rather," Peter answered, shutting up his book. "But I think he has walked a little slower than he used, these few last evenings,

Sí. Lo suavizaran como lo suavizaran, sus corazones estaban más ligeros. Los rostros de los niños, silenciosos y agrupados para oír lo que tan poco comprendían, estaban más alegres; ¡y era una casa más feliz por la muerte de este hombre! La única emoción que el Fantasma pudo mostrarle, causada por el suceso, fue de placer.

«Déjame ver alguna ternura relacionada con una muerte», dijo Scrooge; «o esa cámara oscura, Espíritu, que acabamos de dejar, estará para siempre presente para mí».

El Fantasma le condujo a través de varias calles que le eran familiares; y mientras avanzaban, Scrooge miró aquí y allá en busca de sí mismo, pero no le vio por ninguna parte. Entraron en casa del pobre Bob Cratchit, la morada que había visitado antes, y encontraron a la madre y a los niños sentados alrededor del fuego.

Silenciosos. Muy silenciosos. Los pequeños y ruidosos Cratchit estaban quietos como estatuas en un rincón, y sentados miraban a Peter, que tenía un libro delante. La madre y sus hijas estaban cosiendo. ¡Pero si estaban muy callados!

«"Y tomó a un niño, y lo puso en medio de ellos"».

¿Dónde había oído Scrooge esas palabras? No las había soñado. El muchacho debió de leerlas en voz alta, mientras él y el Espíritu cruzaban el umbral. ¿Por qué no siguió adelante?

La madre dejó su trabajo sobre la mesa y se llevó la mano a la cara.

«El color me hace daño a los ojos», dijo.

¿El color? ¡Ah, pobre Pequeño Tim!

«Ya están mejor», dijo la mujer de Cratchit. «A la luz de las velas se debilitan; y por nada del mundo mostraría unos ojos débiles a tu padre cuando vuelva a casa. Ya debe de estar por llegar».

«Más bien pasada la hora», contestó Peter, cerrando su libro. «Pero creo que ha caminado un poco más despacio de lo que solía, estas últi-

mother."

They were very quiet again. At last she said, and in a steady, cheerful voice, that only faltered once:

"I have known him walk with—I have known him walk with Tiny Tim upon his shoulder, very fast indeed."

"And so have I," cried Peter. "Often."

"And so have I," exclaimed another. So had all.

"But he was very light to carry," she resumed, intent upon her work, "and his father loved him so, that it was no trouble: no trouble. And there is your father at the door!"

She hurried out to meet him; and little Bob in his comforter—he had need of it, poor fellow—came in. His tea was ready for him on the hob, and they all tried who should help him to it most. Then the two young Cratchits got upon his knees and laid, each child a little cheek, against his face, as if they said, "Don't mind it, father. Don't be grieved!"

Bob was very cheerful with them, and spoke pleasantly to all the family. He looked at the work upon the table, and praised the industry and speed of Mrs. Cratchit and the girls. They would be done long before Sunday, he said.

"Sunday! You went to-day, then, Robert?" said his wife.

"Yes, my dear," returned Bob. "I wish you could have gone. It would have done you good to see how green a place it is. But you'll see it often. I promised him that I would walk there on a Sunday. My little, little child!" cried Bob. "My little child!"

He broke down all at once. He couldn't help it. If he could have helped it, he and his child would have been farther apart perhaps than they were.

He left the room, and went up-stairs into the room above, which

mas tardes, madre».

Volvieron a quedarse muy callados. Por fin dijo ella, y con voz firme y alegre, que sólo vaciló una vez:

«Le he visto caminar con… Le he visto caminar con el Pequeño Tim al hombro, muy rápidamente».

«Y yo también», gritó Peter. «A menudo».

«Y yo también», exclamó otro. Y así todos.

«Pero era muy ligero de llevar», continuó ella, concentrada en su trabajo, «y su padre le quería tanto que no era ninguna molestia: ninguna molestia. ¡Y ahí está tu padre en la puerta!».

Ella se apresuró a salir a su encuentro, y el pequeño Bob, con su edredón —lo necesitaba, el pobre—, entró. El té estaba listo sobre la placa, y todos trataron de ver quién lo servía mejor. Entonces los dos jóvenes Cratchit se pusieron de rodillas y le apoyaron, cada uno una mejillita, en la cara, como si dijeran: «No te preocupes, padre. No te aflijas».

Bob se mostró muy alegre con ellos y habló agradablemente con toda la familia. Miró cl trabajo que había sobre la mesa y alabó la laboriosidad y rapidez de la señora Cratchit y las niñas. Dijo que terminarían mucho antes del domingo.

«¡Domingo! ¿Fuiste hoy, Robert?», dijo su esposa.

«Sí, querida», respondió Bob. «Ojalá hubieras podido ir. Te habría hecho bien ver lo verde que es este lugar. Pero lo verás a menudo. Le prometí que iría allí un domingo. ¡Mi pequeño, pequeño niño!», gritó Bob. «¡Mi pequeño niño!».

Se derrumbó de golpe. No pudo evitarlo. Si hubiera podido evitarlo, él y su hijo tal vez habrían estado más separados de lo que estaban.

Salió de la habitación y subió al cuarto de arriba, que estaba alegre-

was lighted cheerfully, and hung with Christmas. There was a chair set close beside the child, and there were signs of some one having been there, lately. Poor Bob sat down in it, and when he had thought a little and composed himself, he kissed the little face. He was reconciled to what had happened, and went down again quite happy.

They drew about the fire, and talked; the girls and mother working still. Bob told them of the extraordinary kindness of Mr. Scrooge's nephew, whom he had scarcely seen but once, and who, meeting him in the street that day, and seeing that he looked a little—"just a little down you know," said Bob, inquired what had happened to distress him. "On which," said Bob, "for he is the pleasantest-spoken gentleman you ever heard, I told him. 'I am heartily sorry for it, Mr. Cratchit,' he said, 'and heartily sorry for your good wife.' By the bye, how he ever knew that, I don't know."

"Knew what, my dear?"

"Why, that you were a good wife," replied Bob.

"Everybody knows that!" said Peter.

"Very well observed, my boy!" cried Bob. "I hope they do. 'Heartily sorry,' he said, 'for your good wife. If I can be of service to you in any way,' he said, giving me his card, 'that's where I live. Pray come to me.' Now, it wasn't," cried Bob, "for the sake of anything he might be able to do for us, so much as for his kind way, that this was quite delightful. It really seemed as if he had known our Tiny Tim, and felt with us."

"I'm sure he's a good soul!" said Mrs. Cratchit.

"You would be surer of it, my dear," returned Bob, "if you saw and spoke to him. I shouldn't be at all surprised—mark what I say!—if he got Peter a better situation."

"Only hear that, Peter," said Mrs. Cratchit.

"And then," cried one of the girls, "Peter will be keeping company with some one, and setting up for himself."

mente iluminado y decorado con motivos navideños. Había una silla cerca del niño, y había señales de que alguien había estado allí últimamente. El pobre Bob se sentó en ella, y cuando hubo reflexionado un poco y se hubo serenado, besó la carita. Se reconcilió con lo ocurrido y volvió a bajar muy contento.

Se acercaron al fuego y charlaron; las niñas y la madre seguían trabajando. Bob les habló de la extraordinaria amabilidad del sobrino del señor Scrooge, a quien apenas había visto una vez, y quien, al encontrárselo aquel día en la calle y ver que parecía un poco… «un poco decaído, ya saben», dijo Bob, le preguntó qué le había ocurrido para estar tan afligido. «Sobre lo cual», dijo Bob, «ya que es el caballero de voz más agradable que jamás haya oído, se lo dije. "Lo lamento de todo corazón, señor Cratchit", dijo, "y lo lamento de todo corazón por su buena esposa". Por cierto, no sé cómo llegó a saberlo».

«¿Saber qué, querido?».

«Pues que eres una buena esposa», respondió Bob.

«¡Todo el mundo lo sabe!», dijo Peter.

«¡Muy bien observado, muchacho!», gritó Bob. «Espero que lo hagan. "Lo siento de corazón", dijo, "por su buena esposa. Si puedo serle útil en algo", dijo, dándome su tarjeta, "allí es donde vivo. Por favor, venga a verme". Ahora bien», exclamó Bob, «no fue por lo que pudiera hacer por nosotros, sino por su amabilidad, que me encantó. Parecía como si hubiera conocido a nuestro Pequeño Tim y lo sintiera como nosotros».

«¡Seguro que es un alma buena!», dijo la señora Cratchit.

«Estarías más segura de ello, querida», respondió Bob, «si le vieras y hablaras con él. No me sorprendería en absoluto, ¡fíjate lo que te digo!, que consiguiera mejorar la situación de Peter».

«Escucha eso, Peter», dijo la señora Cratchit.

«Y entonces», gritó una de las chicas, «Peter estará acompañado de alguien, y estableciéndose por su cuenta».

"Get along with you!" retorted Peter, grinning.

"It's just as likely as not," said Bob, "one of these days; though there's plenty of time for that, my dear. But however and whenever we part from one another, I am sure we shall none of us forget poor Tiny Tim—shall we—or this first parting that there was among us?"

"Never, father!" cried they all.

"And I know," said Bob, "I know, my dears, that when we recollect how patient and how mild he was; although he was a little, little child; we shall not quarrel easily among ourselves, and forget poor Tiny Tim in doing it."

"No, never, father!" they all cried again.

"I am very happy," said little Bob, "I am very happy!"

Mrs. Cratchit kissed him, his daughters kissed him, the two young Cratchits kissed him, and Peter and himself shook hands. Spirit of Tiny Tim, thy childish essence was from God!

"Spectre," said Scrooge, "something informs me that our parting moment is at hand. I know it, but I know not how. Tell me what man that was whom we saw lying dead?"

The Ghost of Christmas Yet To Come conveyed him, as before—though at a different time, he thought: indeed, there seemed no order in these latter visions, save that they were in the Future—into the resorts of business men, but showed him not himself. Indeed, the Spirit did not stay for anything, but went straight on, as to the end just now desired, until besought by Scrooge to tarry for a moment.

"This court," said Scrooge, "through which we hurry now, is where my place of occupation is, and has been for a length of time. I see the house. Let me behold what I shall be, in days to come!"

The Spirit stopped; the hand was pointed elsewhere.

«¡Lárgate!», replicó Peter, sonriendo.

«Es tan probable como que no», dijo Bob, «uno de estos días; aunque hay mucho tiempo para eso, querida. Pero sea como sea y cuando sea que nos separemos, estoy seguro de que ninguno de nosotros olvidará al pobre pequeño Tim... o esta primera despedida que hubo entre nosotros».

«¡Nunca, padre!», gritaron todos.

«Y sé», dijo Bob, «sé, queridos míos, que cuando recordemos lo paciente y lo bondadoso que era; aunque era un niño pequeño, pequeño; no reñiremos fácilmente entre nosotros, olvidando al pobre Pequeño Tim al hacerlo».

«¡No, nunca, padre!», volvieron a gritar todos.

«Soy muy feliz», dijo el pequeño Bob, «¡soy muy feliz!».

La señora Cratchit lo besó, sus hijas lo besaron, los dos jóvenes Cratchit lo besaron, y Peter y él se dieron la mano. Espíritu del Pequeño Tim, ¡tu esencia infantil fue dada por Dios!

«Espectro», dijo Scrooge, «algo me dice que se acerca el momento de nuestra despedida. Lo sé, pero no sé cómo. Dime qué hombre era aquel que vimos yaciendo, muerto».

El Fantasma de las Navidades Venideras lo llevó, como antes... aunque en un momento diferente, pensó: en verdad, no parecía haber orden en estas últimas visiones, excepto que sucedían en el Futuro... a los recintos de los hombres de negocios, pero no se mostró él mismo. En efecto, el Espíritu no se detuvo para nada, sino que siguió adelante, hasta el fin que ahora perseguía, hasta que Scrooge le pidió que se detuviera un momento.

«Este patio», dijo Scrooge, «por donde nos dirigimos a toda prisa, es donde está mi lugar de trabajo, y lo ha estado durante mucho tiempo. Veo la casa. ¡Déjame ver lo que yo seré en los días venideros!».

El Espíritu se detuvo; la mano apuntaba a otra parte.

"The house is yonder," Scrooge exclaimed. "Why do you point away?"

The inexorable finger underwent no change.

Scrooge hastened to the window of his office, and looked in. It was an office still, but not his. The furniture was not the same, and the figure in the chair was not himself. The Phantom pointed as before.

He joined it once again, and wondering why and whither he had gone, accompanied it until they reached an iron gate. He paused to look round before entering.

A churchyard. Here, then; the wretched man whose name he had now to learn, lay underneath the ground. It was a worthy place. Walled in by houses; overrun by grass and weeds, the growth of vegetation's death, not life; choked up with too much burying; fat with repleted appetite. A worthy place!

The Spirit stood among the graves, and pointed down to One. He advanced towards it trembling. The Phantom was exactly as it had been, but he dreaded that he saw new meaning in its solemn shape.

"Before I draw nearer to that stone to which you point," said Scrooge, "answer me one question. Are these the shadows of the things that Will be, or are they shadows of things that May be, only?"

Still the Ghost pointed downward to the grave by which it stood.

"Men's courses will foreshadow certain ends, to which, if persevered in, they must lead," said Scrooge. "But if the courses be departed from, the ends will change. Say it is thus with what you show me!"

The Spirit was immovable as ever.

Scrooge crept towards it, trembling as he went; and following the finger, read upon the stone of the neglected grave his own name, Eb-

«La casa está allá», exclamó Scrooge. «¿Por qué señalas hacia otro lado?».

El dedo inexorable no sufrió ningún cambio.

Scrooge se apresuró a asomarse a la ventana de su despacho y miró dentro. Seguía siendo un despacho, pero no el suyo. Los muebles no eran los mismos y la figura que ocupaba la silla no era la suya. El Fantasma señalaba al mismo lugar que antes.

Volvió a unirse a él y, preguntándose por qué y adónde había ido, lo acompañó hasta que llegaron a una verja de hierro. Se detuvo a mirar a su alrededor antes de entrar.

Un cementerio. Aquí, pues, yacía bajo tierra el desdichado cuyo nombre tenía que conocer ahora. Era un lugar digno. Cerrado por las casas; invadido por la hierba y las malas hierbas, el crecimiento de la muerte de la vegetación, no de la vida; ahogado por demasiados entierros; gordo por el apetito repleto. ¡Un lugar digno!

El Espíritu estaba entre las tumbas y señaló a una. Él avanzó hacia ella, tembloroso. El Fantasma estaba exactamente igual que antes, pero él temía ver un nuevo significado en su solemne forma.

«Antes de acercarme a esa piedra que señalas», dijo Scrooge, «respóndeme a una pregunta. ¿Son éstas las sombras de las cosas que Serán, o son sólo sombras de las cosas que Pueden Ser?».

Aún así, el Fantasma señaló hacia abajo, hacia la tumba junto a la que se encontraba.

«Los caminos de los hombres presagian ciertos destinos, a los cuales, si se persevera en ellos, deben conducir», dijo Scrooge. «Pero si se abandona el camino, los destinos cambian. Di que es así con lo que me muestras».

El Espíritu se mantuvo inamovible como siempre.

Scrooge se arrastró hacia ella, temblando mientras avanzaba; y siguiendo el dedo, leyó en la lápida de la descuidada tumba su propio

enezer Scrooge.

"Am I that man who lay upon the bed?" he cried, upon his knees.

The finger pointed from the grave to him, and back again.

"No, Spirit! Oh no, no!"

The finger still was there.

nombre, Ebenezer Scrooge.

«¿Soy yo aquel hombre que yacía sobre el lecho?», gritó, de rodillas.

El dedo apuntaba de la tumba a él, y viceversa.

«¡No, Espíritu! ¡Oh, no, no!».

El dedo seguía allí.

"Spirit!" he cried, tight clutching at its robe, "hear me! I am not the man I was. I will not be the man I must have been but for this intercourse. Why show me this, if I am past all hope!"

For the first time the hand appeared to shake.

"Good Spirit," he pursued, as down upon the ground he fell before it: "Your nature intercedes for me, and pities me. Assure me that I yet may change these shadows you have shown me, by an altered life!"

The kind hand trembled.

"I will honour Christmas in my heart, and try to keep it all the year. I will live in the Past, the Present, and the Future. The Spirits of all Three shall strive within me. I will not shut out the lessons that they teach. Oh, tell me I may sponge away the writing on this stone!"

In his agony, he caught the spectral hand. It sought to free itself, but he was strong in his entreaty, and detained it. The Spirit, stronger yet, repulsed him.

Holding up his hands in a last prayer to have his fate reversed, he saw an alteration in the Phantom's hood and dress. It shrunk, collapsed, and dwindled down into a bedpost.

«¡Espíritu!», gritó, aferrándose con fuerza a su manto, «¡escúchame! Ya no soy el hombre que era. No seré el hombre que debí ser de no ser por esta experiencia. ¿Por qué me muestras esto, si ya no tengo esperanza?».

Por primera vez la mano pareció temblar.

«Buen Espíritu», prosiguió, mientras caía al suelo ante él: «Tu naturaleza intercede por mí y se compadece de mí. Asegúrame que aún puedo cambiar estas sombras que me has mostrado, mediante una vida diferente».

La amable mano temblaba.

«Honraré la Navidad en mi corazón, e intentaré celebrarla todo el año. Viviré en el Pasado, el Presente y el Futuro. Los Espíritus de los Tres lucharán dentro de mí. No me cerraré a las lecciones que enseñan. ¡Oh, dime que puedo borrar con una esponja lo escrito en esta piedra!».

En su agonía, atrapó la mano espectral. Trató de liberarse, pero él fue fuerte en su súplica, y la detuvo. El Espíritu, más fuerte aún, lo rechazó.

Levantando las manos en una última plegaria para que se invirtiera su destino, vio una alteración en la capucha y el vestido del Fantasma. Se encogió, se desplomó y se redujo a un poste de la cama.

Yes! and the bedpost was his own. The bed was his own, the room was his own. Best and happiest of all, the Time before him was his own, to make amends in!

"I will live in the Past, the Present, and the Future!" Scrooge repeated, as he scrambled out of bed. "The Spirits of all Three shall strive within me. Oh Jacob Marley! Heaven, and the Christmas Time be praised for this! I say it on my knees, old Jacob; on my knees!"

He was so fluttered and so glowing with his good intentions, that his broken voice would scarcely answer to his call. He had been sobbing violently in his conflict with the Spirit, and his face was wet with tears.

"They are not torn down," cried Scrooge, folding one of his bed-curtains in his arms, "they are not torn down, rings and all. They are here—I am here—the shadows of the things that would have been, may be dispelled. They will be. I know they will!"

His hands were busy with his garments all this time; turning them inside out, putting them on upside down, tearing them, mislaying them, making them parties to every kind of extravagance.

"I don't know what to do!" cried Scrooge, laughing and crying in the same breath; and making a perfect Laocoön of himself with his stockings. "I am as light as a feather, I am as happy as an angel, I am as merry as a schoolboy. I am as giddy as a drunken man. A merry Christmas to everybody! A happy New Year to all the world. Hallo here! Whoop! Hallo!"

He had frisked into the sitting-room, and was now standing there: perfectly winded.

"There's the saucepan that the gruel was in!" cried Scrooge, starting off again, and going round the fireplace. "There's the door, by which the Ghost of Jacob Marley entered! There's the corner where the Ghost of Christmas Present, sat! There's the window where I saw the wandering Spirits! It's all right, it's all true, it all happened. Ha ha ha!"

¡Sí! Y la pata de la cama era la suya. La cama era la suya, la habitación era la suya. Y lo mejor y más feliz de todo, el tiempo ante él era el suyo, ¡para enmendarse!

«¡Viviré en el Pasado, el Presente y el Futuro!», repitió Scrooge, mientras se levantaba de la cama. «Los Espíritus de los Tres lucharán dentro de mí. ¡Oh Jacob Marley! Alabados sean el Cielo y la Navidad por esto. Lo digo de rodillas, viejo Jacob; ¡de rodillas!».

Estaba tan agitado y tan resplandeciente de sus buenas intenciones, que su voz quebrada apenas respondía a su llamada. Había estado sollozando violentamente en su conflicto con el Espíritu, y su rostro estaba empapado de lágrimas.

«No están derribadas», exclamó Scrooge, doblando una de las cortinas de su cama entre los brazos, «no están derribadas, con anillos y todo. Están aquí... estoy aquí; las sombras de lo que habría sido pueden disiparse. Se disiparán. Sé que así será».

Sus manos estuvieron ocupadas con sus ropas todo este tiempo; volviéndolas del revés, poniéndoselas al revés, rasgándolas, extraviándolas, haciéndolas partícipes de toda clase de extravagancias.

«No sé qué hacer», gritó Scrooge, riendo y llorando al mismo tiempo, y haciendo un perfecto Laocoonte de sí mismo con sus medias. «Soy tan ligero como una pluma, tan feliz como un ángel, tan alegre como un colegial. Estoy tan mareado como un borracho. Feliz Navidad a todos. Feliz Año Nuevo a todo el mundo. ¡Hola! ¡Hola! ¡Hola!».

Había entrado corriendo al salón y estaba allí de pie, totalmente agotado.

«Ahí está la cacerola en que estaban las gachas», gritó Scrooge, poniéndose de nuevo en marcha y rodeando la chimenea. «Ahí está la puerta por donde entró el Fantasma de Jacob Marley. Ahí está el rincón donde se sentó el Fantasma de las Navidades Presentes. Ahí está la ventana donde vi a los Espíritus errantes. Todo está bien, todo es verdad, todo sucedió. ¡Ja, ja, ja!».

Really, for a man who had been out of practice for so many years, it was a splendid laugh, a most illustrious laugh. The father of a long, long line of brilliant laughs!

"I don't know what day of the month it is!" said Scrooge. "I don't know how long I've been among the Spirits. I don't know anything. I'm quite a baby. Never mind. I don't care. I'd rather be a baby. Hallo! Whoop! Hallo here!"

He was checked in his transports by the churches ringing out the lustiest peals he had ever heard. Clash, clang, hammer; ding, dong, bell. Bell, dong, ding; hammer, clang, clash! Oh, glorious, glorious!

Running to the window, he opened it, and put out his head. No fog, no mist; clear, bright, jovial, stirring, cold; cold, piping for the blood to dance to; Golden sunlight; Heavenly sky; sweet fresh air; merry bells. Oh, glorious! Glorious!

"What's to-day!" cried Scrooge, calling downward to a boy in Sunday clothes, who perhaps had loitered in to look about him.

"Eh?" returned the boy, with all his might of wonder.

"What's to-day, my fine fellow?" said Scrooge.

"To-day!" replied the boy. "Why, Christmas Day."

"It's Christmas Day!" said Scrooge to himself. "I haven't missed it. The Spirits have done it all in one night. They can do anything they like. Of course they can. Of course they can. Hallo, my fine fellow!"

"Hallo!" returned the boy.

"Do you know the Poulterer's, in the next street but one, at the corner?" Scrooge inquired.

"I should hope I did," replied the lad.

"An intelligent boy!" said Scrooge. "A remarkable boy! Do you know

Realmente, para un hombre que llevaba tantos años sin practicar, era una risa espléndida, una risa de lo más ilustre. ¡La madre de una larga, larga línea de risas brillantes!

«¡No sé qué día del mes es!», dijo Scrooge. «No sé cuánto tiempo llevo entre los Espíritus. No sé nada. Soy como un bebé. No importa. No me interesa. Prefiero ser un bebé. ¡Hola! ¡Hola! ¡Hola!».

Fue detenido en sus transportes por las iglesias que repicaban los tañidos más lujuriosos que jamás había oído. Estruendo, estrépito, martillazo; din, don, campana. Campana, din, don; ¡martillazo, estrépito, estruendo! ¡Oh, glorioso, glorioso!

Corrió hacia la ventana, la abrió y sacó la cabeza. Sin niebla, sin bruma; claro, brillante, jovial, emocionante, frío; frío, agradable para que la sangre baile; Dorada luz del sol; Cielo celestial; dulce aire fresco; alegres campanas. ¡Oh, glorioso! ¡Glorioso!

«¡Qué día es hoy!», gritó Scrooge, llamando allí abajo a un chico vestido de domingo, que tal vez había entrado a curiosear.

«¿Eh?», respondió el chico, con toda la fuerza de su asombro.

«¿Qué día es hoy, mi buen amigo?», dijo Scrooge.

«¡Hoy!», respondió el chico. «Pues, el día de Navidad».

«¡Es Navidad!», se dijo Scrooge. «No me la he perdido. Los Espíritus lo han hecho todo en una noche. Pueden hacer lo que quieran. Claro que pueden. Claro que pueden. ¡Hola, mi buen amigo!».

«¡Hola!», respondió el chico.

«¿Conoces el Pollero, en la penúltima calle, en la esquina?», preguntó Scrooge.

«Espero que sí», respondió el muchacho.

«¡Un chico inteligente!», dijo Scrooge. «¡Un chico extraordinario! ¿Sa-

whether they've sold the prize Turkey that was hanging up there?—Not the little prize Turkey: the big one?"

"What, the one as big as me?" returned the boy.

"What a delightful boy!" said Scrooge. "It's a pleasure to talk to him. Yes, my buck!"

"It's hanging there now," replied the boy.

"Is it?" said Scrooge. "Go and buy it."

"Walk-er!" exclaimed the boy.

"No, no," said Scrooge, "I am in earnest. Go and buy it, and tell 'em to bring it here, that I may give them the direction where to take it. Come back with the man, and I'll give you a shilling. Come back with him in less than five minutes and I'll give you half-a-crown!"

The boy was off like a shot. He must have had a steady hand at a trigger who could have got a shot off half so fast.

"I'll send it to Bob Cratchit's!" whispered Scrooge, rubbing his hands, and splitting with a laugh. "He sha'n't know who sends it. It's twice the size of Tiny Tim. Joe Miller never made such a joke as sending it to Bob's will be!"

The hand in which he wrote the address was not a steady one, but write it he did, somehow, and went down-stairs to open the street door, ready for the coming of the poulterer's man. As he stood there, waiting his arrival, the knocker caught his eye.

"I shall love it, as long as I live!" cried Scrooge, patting it with his hand. "I scarcely ever looked at it before. What an honest expression it has in its face! It's a wonderful knocker!—Here's the Turkey! Hallo! Whoop! How are you! Merry Christmas!"

It was a Turkey! He never could have stood upon his legs, that bird. He would have snapped 'em short off in a minute, like sticks of sealing-wax.

bes si han vendido el pavo de premio que estaba colgado ahí arriba?...
No el pavo del premio pequeño: ¿el grande?».

«¿El que es tan grande como yo?», respondió el chico.

«¡Qué chico tan encantador!», dijo Scrooge. «Es un placer hablar con
él. ¡Sí, mi amigo!».

«Está colgado ahí ahora», contestó el chico.

«¿Lo está?», dijo Scrooge. «Ve y cómpralo».

«¡Ridículo!», exclamó el chico.

«No, no», dijo Scrooge, «hablo en serio. Ve a comprarlo y diles que lo
traigan aquí, para que yo les indique dónde llevarlo. Vuelve con el empleado y te daré un chelín. Vuelve con él en menos de cinco minutos y
te daré media corona».

El chico salió disparado como un tiro. Debía tener una mano firme en
el gatillo para disparar la mitad de rápido.

«¡Lo enviaré a casa de Bob Cratchit!», susurró Scrooge, frotándose las
manos y partiéndose de risa. «No sabrá quién se lo envía. Es el doble de
grande que Pequeño Tim. ¡Joe Miller nunca hizo una broma como la que
será enviarlo a casa de Bob!».

La mano con la que escribió la dirección no era firme, pero la escribió,
de algún modo, y bajó a abrir la puerta de la calle, preparado para la llegada del empleado del pollero. Mientras esperaba su llegada, la aldaba
llamó su atención.

«¡La amaré mientras viva!», exclamó Scrooge, acariciándola con la
mano. «Apenas lo había mirado antes. ¡Qué expresión tan sincera tiene
en la cara! Es una aldaba maravillosa... ¡Aquí está el Pavo! ¡Hola! ¡Hola!
¿Qué tal? ¡Feliz Navidad!».

¡Era un Pavo! Ese pájaro nunca habría podido sostenerse sobre sus
patas. Se las habría partido en un minuto, como barras de lacre.

"Why, it's impossible to carry that to Camden Town," said Scrooge. "You must have a cab."

The chuckle with which he said this, and the chuckle with which he paid for the Turkey, and the chuckle with which he paid for the cab, and the chuckle with which he recompensed the boy, were only to be exceeded by the chuckle with which he sat down breathless in his chair again, and chuckled till he cried.

Shaving was not an easy task, for his hand continued to shake very much; and shaving requires attention, even when you don't dance while you are at it. But if he had cut the end of his nose off, he would have put a piece of sticking-plaister over it, and been quite satisfied.

He dressed himself "all in his best," and at last got out into the streets. The people were by this time pouring forth, as he had seen them with the Ghost of Christmas Present; and walking with his hands behind him, Scrooge regarded every one with a delighted smile. He looked so irresistibly pleasant, in a word, that three or four good-humoured fellows said, "Good morning, sir! A merry Christmas to you!" And Scrooge said often afterwards, that of all the blithe sounds he had ever heard, those were the blithest in his ears.

He had not gone far, when coming on towards him he beheld the portly gentleman, who had walked into his counting-house the day before, and said, "Scrooge and Marley's, I believe?" It sent a pang across his heart to think how this old gentleman would look upon him when they met; but he knew what path lay straight before him, and he took it.

"My dear sir," said Scrooge, quickening his pace, and taking the old gentleman by both his hands. "How do you do? I hope you succeeded yesterday. It was very kind of you. A merry Christmas to you, sir!"

"Mr. Scrooge?"

"Yes," said Scrooge. "That is my name, and I fear it may not be pleasant to you. Allow me to ask your pardon. And will you have the goodness"—here Scrooge whispered in his ear.

«Vaya, es imposible llevar eso a Camden Town», dijo Scrooge. «Debes tomar un taxi».

La risita con que dijo esto, y la risita con que pagó el pavo, y la risita con que pagó el taxi, y la risita con que recompensó al muchacho, sólo fueron superadas por la risita con que volvió a sentarse sin aliento en su silla, y rió hasta llorar.

Afeitarse no era tarea fácil, pues la mano le temblaba mucho; y afeitarse requiere atención, aunque no se baile mientras se hace. Pero si se hubiera cortado la punta de la nariz, se habría puesto un trozo de pegamento sobre ella y se habría dado por satisfecho.

Se vistió «con sus mejores galas» y salió por fin a la calle. La gente se agolpaba ya, como él la había visto con el Fantasma de las Navidades Presentes; y caminando con las manos a la espalda, Scrooge miraba a todos con una sonrisa encantada. Su aspecto era tan irresistiblemente agradable, en una palabra, que tres o cuatro tipos de buen humor le dijeron: «¡Buenos días, señor! Feliz Navidad». Y Scrooge dijo a menudo después, que de todos los sonidos alegres que había oído en su vida, aquellos eran los más alegres a sus oídos.

No había ido muy lejos cuando, acercándose a él, vio al corpulento caballero que había entrado en su despacho el día anterior y le había dicho: «Scrooge y Marley, creo». Sintió una punzada en el corazón al pensar cómo le miraría aquel anciano caballero cuando se encontraran; pero sabía qué camino le aguardaba y lo tomó.

«Mi querido señor», dijo Scrooge, acelerando el paso y cogiendo al anciano caballero por ambas manos. «¿Cómo está usted? Espero que haya tenido éxito ayer. Fue muy amable de su parte. ¡Feliz Navidad, señor!».

«¿Señor Scrooge?».

«Sí», dijo Scrooge. «Ése es mi nombre, y temo que no le resulte agradable. Permítame que le pida perdón. Y tenga la bondad de...», le susurró Scrooge al oído.

"Lord bless me!" cried the gentleman, as if his breath were taken away. "My dear Mr. Scrooge, are you serious?"

"If you please," said Scrooge. "Not a farthing less. A great many back-payments are included in it, I assure you. Will you do me that favour?"

"My dear sir," said the other, shaking hands with him. "I don't know what to say to such munifi—"

"Don't say anything, please," retorted Scrooge. "Come and see me. Will you come and see me?"

"I will!" cried the old gentleman. And it was clear he meant to do it.

"Thank'ee," said Scrooge. "I am much obliged to you. I thank you fifty times. Bless you!"

He went to church, and walked about the streets, and watched the people hurrying to and fro, and patted children on the head, and questioned beggars, and looked down into the kitchens of houses, and up to the windows, and found that everything could yield him pleasure. He had never dreamed that any walk—that anything—could give him so much happiness. In the afternoon he turned his steps towards his nephew's house.

He passed the door a dozen times, before he had the courage to go up and knock. But he made a dash, and did it:

"Is your master at home, my dear?" said Scrooge to the girl. Nice girl! Very.

"Yes, sir."

"Where is he, my love?" said Scrooge.

"He's in the dining-room, sir, along with mistress. I'll show you up-stairs, if you please."

"Thank'ee. He knows me," said Scrooge, with his hand already on

«¡Dios me bendiga!», gritó el caballero, como si se le hubiera cortado la respiración. «Mi querido señor Scrooge, ¿habla usted en serio?».

«Si me hace el favor», dijo Scrooge. «Ni un penique menos. Le aseguro que incluye muchos pagos atrasados. ¿Me hará ese favor?».

«Mi querido señor», dijo el otro, estrechándole la mano. «No sé qué decir a tal munifi...».

«No diga nada, por favor», replicó Scrooge. «Venga a verme. ¿Vendrá a verme?».

«¡Lo haré!», gritó el viejo caballero. Y estaba claro que iba a hacerlo.

«Gracias», dijo Scrooge. «Le estoy muy agradecido. Se lo agradezco cincuenta veces. Bendito sea».

Iba a la iglesia, paseaba por las calles, observaba a la gente que iba de un lado a otro, daba palmaditas en la cabeza a los niños, interrogaba a los mendigos, miraba las cocinas de las casas y las ventanas, y descubría que todo podía producirle placer. Nunca había soñado que un paseo —que cualquier cosa— pudiera proporcionarle tanta felicidad. Por la tarde dirigió sus pasos hacia la casa de su sobrino.

Pasó por delante de la puerta una docena de veces antes de atreverse a llamar. Pero se lanzó y lo hizo:

«¿Está tu patrón en casa, querida?», dijo Scrooge a la muchacha. ¡Bonita muchacha! Muy bonita.

«Sí, señor».

«¿Dónde está él, mi amor?», dijo Scrooge.

«Está en el comedor, señor, junto con la señora. Le mostraré las escaleras, si es tan amable».

«Gracias. Él me conoce», dijo Scrooge, con la mano ya en la cerradura

the dining-room lock. "I'll go in here, my dear."

He turned it gently, and sidled his face in, round the door. They were looking at the table (which was spread out in great array); for these young housekeepers are always nervous on such points, and like to see that everything is right.

"Fred!" said Scrooge.

Dear heart alive, how his niece by marriage started! Scrooge had forgotten, for the moment, about her sitting in the corner with the footstool, or he wouldn't have done it, on any account.

"Why bless my soul!" cried Fred, "who's that?"

"It's I. Your uncle Scrooge. I have come to dinner. Will you let me in, Fred?"

Let him in! It is a mercy he didn't shake his arm off. He was at home in five minutes. Nothing could be heartier. His niece looked just the same. So did Topper when he came. So did the plump sister when she came. So did every one when they came. Wonderful party, wonderful games, wonderful unanimity, won-der-ful happiness!

But he was early at the office next morning. Oh, he was early there. If he could only be there first, and catch Bob Cratchit coming late! That was the thing he had set his heart upon.

And he did it; yes, he did! The clock struck nine. No Bob. A quarter past. No Bob. He was full eighteen minutes and a half behind his time. Scrooge sat with his door wide open, that he might see him come into the Tank.

His hat was off, before he opened the door; his comforter too. He was on his stool in a jiffy; driving away with his pen, as if he were trying to overtake nine o'clock.

"Hallo!" growled Scrooge, in his accustomed voice, as near as he could feign it. "What do you mean by coming here at this time of day?"

del comedor. «Entraré aquí, querida».

La giró suavemente y se asomó por la puerta. Estaban mirando la mesa (que estaba puesta con gran despliegue); porque estas jóvenes amas de casa siempre se ponen nerviosas en estos asuntos, y les gusta comprobar que todo está en orden.

«¡Fred!», dijo Scrooge.

Querido corazón vivo, ¡cómo se sobresaltó su sobrina política! Scrooge se había olvidado, por el momento, de ella sentada en el rincón con el escabel, o no habría gritado, bajo ningún concepto.

«¡Por Dios!», gritó Fred, «¿quién es?».

«Soy yo. Tu tío Scrooge. He venido a cenar. ¿Me dejas entrar, Fred?».

¡Déjenlo entrar! Es una misericordia que no haya sacudido su brazo. En cinco minutos estaba como en casa. Nada podría ser más cordial. Su sobrina parecía sentir lo mismo. También Topper cuando llegó. También la regordeta hermana cuando llegó. Como todos cuando llegaron. ¡Maravillosa fiesta, maravillosos juegos, maravillosa unanimidad, ma-ra-vi-llo-sa felicidad!

Pero llegó temprano a la oficina a la mañana siguiente. Llegó temprano. Si pudiera llegar el primero y pillar a Bob Cratchit llegando tarde... Eso era lo que se había propuesto.

Y lo hizo; ¡sí, lo hizo! El reloj dio las nueve. Ningún Bob. Un cuarto de hora pasado. Ningún Bob. Llevaba dieciocho minutos y medio de retraso. Scrooge se sentó con la puerta abierta de par en par, para verle entrar en el Tanque.

Se quitó el sombrero antes de abrir la puerta, y también el protector. Se sentó en el taburete en un santiamén y se alejó con la pluma, como si quisiera alcanzar a las nueve en punto.

«¡Hola!», gruñó Scrooge, con su acostumbrada voz, lo más cerca que pudo fingirla. «¿Qué quiere decir con venir aquí a esta hora del día?».

"I am very sorry, sir," said Bob. "I am behind my time."

"You are?" repeated Scrooge. "Yes. I think you are. Step this way, sir, if you please."

"It's only once a year, sir," pleaded Bob, appearing from the Tank. "It shall not be repeated. I was making rather merry yesterday, sir."

"Now, I'll tell you what, my friend," said Scrooge, "I am not going to stand this sort of thing any longer. And therefore," he continued, leaping from his stool, and giving Bob such a dig in the waistcoat that he staggered back into the Tank again; "and therefore I am about to raise your salary!"

Bob trembled, and got a little nearer to the ruler. He had a momentary idea of knocking Scrooge down with it, holding him, and calling to the people in the court for help and a strait-waistcoat.

"A merry Christmas, Bob!" said Scrooge, with an earnestness that could not be mistaken, as he clapped him on the back. "A merrier Christmas, Bob, my good fellow, than I have given you, for many a year! I'll raise your salary, and endeavour to assist your struggling family, and we will discuss your affairs this very afternoon, over a Christmas bowl of smoking bishop, Bob! Make up the fires, and buy another coal-scuttle before you dot another i, Bob Cratchit!"

Scrooge was better than his word. He did it all, and infinitely more; and to Tiny Tim, who did not die, he was a second father. He became as good a friend, as good a master, and as good a man, as the good old city knew, or any other good old city, town, or borough, in the good old world. Some people laughed to see the alteration in him, but he let them laugh, and little heeded them; for he was wise enough to know that nothing ever happened on this globe, for good, at which some people did not have their fill of laughter in the outset; and knowing that such as these would be blind anyway, he thought it quite as well that they should wrinkle up their eyes in grins, as have the malady in less attractive forms. His own heart laughed: and that was quite enough for him.

«Lo siento mucho, señor», dijo Bob. «Estoy atrasado».

«¿Sí?», repitió Scrooge. «Sí, creo que sí. Venga por aquí, señor, por favor».

«Es sólo una vez al año, señor», suplicó Bob, apareciendo desde el Tanque. «No se repetirá. Ayer estaba bastante alegre, señor».

«Le diré una cosa, amigo mío», dijo Scrooge, «no voy a soportar más este tipo de cosas. Y por lo tanto», continuó, saltando de su taburete, y dándole a Bob tal golpe en el chaleco que trastabilló de vuelta al Tanque; «¡y por lo tanto estoy a punto de subirle el sueldo!».

Bob tembló y se acercó un poco más a la regla. Tuvo la idea momentánea de derribar a Scrooge con ella, sujetarlo y pedir ayuda y un chaleco de fuerza a la gente de la corte.

«Feliz Navidad, Bob», dijo Scrooge, con una seriedad que no podía confundirse, mientras le daba una palmada en la espalda. «¡Una Navidad más feliz, Bob, mi buen amigo, de la que le he dado durante muchos años! Le subiré el sueldo y me esforzaré por ayudar a su familia en apuros, y discutiremos sus asuntos esta misma tarde, ¡con un tazón navideño de obispo humeante, Bob! Prepare el fuego y compre otro cubo de carbón antes de poner los puntos sobre las íes, Bob Cratchit».

Scrooge fue más allá que sus palabras. Lo hizo todo, e infinitamente más; y para el Pequeño Tim, que no murió, fue un segundo padre. Llegó a ser tan buen amigo, tan buen patrón y tan buen hombre como la buena y vieja ciudad conocía, o cualquier otra buena y vieja ciudad, pueblo o distrito del buen y viejo mundo. Algunas personas se rieron al ver la alteración en él, pero él las dejó reír, y poco les hizo caso; porque era lo suficientemente sabio como para saber que nunca sucedió nada en este globo, para bien, por lo que algunas personas no tuvieran su ración de risa al principio; y sabiendo que tales personas estarían ciegas de todos modos, pensó que era bastante bueno que arrugasen los ojos con sonrisas, antes que tener la enfermedad en formas menos atractivas. Su propio corazón reía, y eso le bastaba.

He had no further intercourse with Spirits, but lived upon the Total Abstinence Principle, ever afterwards; and it was always said of him, that he knew how to keep Christmas well, if any man alive possessed the knowledge. May that be truly said of us, and all of us! And so, as Tiny Tim observed, God bless Us, Every One!

No volvió a tener contacto con los Espíritus, sino que vivió siempre según el Principio de Abstinencia Total, y siempre se dijo de él que sabía cómo pasar bien la Navidad, si es que algún hombre vivo poseía ese conocimiento. ¡Que eso pueda decirse realmente de nosotros, y de todos nosotros! Y así, como observó el Pequeño Tim, ¡Dios nos bendiga a Todos, a Cada Uno!

Rosetta Edu

CLÁSICOS EN ESPAÑOL

Esperamos que haya disfrutado esta lectura. ¿Quiere leer otra obra de nuestra colección de *Clásicos en español*?

En nuestro Club del Libro encontrarás artículos relacionados con los libros que publicamos y la literatura en general. ¡Suscríbete en nuestra página web y te ofrecemos un ebook gratis por mes!

Recibe tu copia totalmente gratuita de nuestro *Club del libro* en rosettaedu.com/pages/club-del-libro

Rosetta Edu

CLÁSICOS EN ESPAÑOL

Una habitación propia se estableció desde su publicación como uno de los libros fundamentales del feminismo. Basado en dos conferencias pronunciadas por Virginia Woolf en colleges para mujeres y ampliado luego por la autora, el texto es un testamento visionario, donde tópicos característicos del feminismo por casi un siglo son expuestos con claridad tal vez por primera vez.

Oscar Wilde escribe una sola novela, *El retrato de Dorian Gray*; ésta fue el objeto de una crítica moralizante mordaz por parte de sus contemporáneos que no pudieron ver que dentro de una trama perfectamente compuesta se escondía toda la tragedia del romanticismo. Cien años después no ha perdido su impacto original y sigue siendo un texto fundamental para los debates sobre la estética y la moral.

Otra vuelta de tuerca es una de las novelas de terror más difundidas en la literatura universal y cuenta una historia absorbente, siguiendo a una institutriz a cargo de dos niños en una gran mansión en la campiña inglesa que parece estar embrujada. Los detalles de la descripción y la narración en primera persona van conformando un mundo que puede inspirar genuino terror.

rosettaedu.com

Rosetta Edu

EDICIONES BILINGÜES

En una atmósfera constante de misterio y amenaza, *El corazón de las tinieblas* narra el peligroso viaje de Marlow por un río (sin duda el Congo aunque no es nombrado en el relato) africano. Lo que el marino puede observar en su viaje le horroriza, le deja perplejo, y pone en tela de juicio las bases mismas de la civilización y la naturaleza humana.

Durante décadas, y acercándose a su centenario, *El gran Gatsby* ha sido considerada una obra maestra de la literatura y candidata al título de «Gran novela americana» por su dominio al mostrar la pura identidad americana junto a un estilo distinto y maduro. La edición bilingüe permite apreciar los detalles del texto original y constituye un paso obligado para aprender el inglés en profundidad.

En *La señora Dalloway* Virginia Woolf relata un día en la vida de Clarissa Dalloway, una señora de la clase alta casada con un miembro del parlamento inglés, y de un ex-combatiente que lucha contra su enfermedad mental. La innovación de la novela es la corriente de consciencia: Woolf sigue el pensamiento de cada personaje, siendo excelente a la hora de narrar emociones, asociaciones y sentimientos.

rosettaedu.com

www.ingramcontent.com/pod-product-compliance
Lightning Source LLC
Chambersburg PA
CBHW061443210726
48287CB00007B/2331